Lissys Freunde
Ein Filmstar für Kiki

Dagmar Hoßfeld
Lissys Freunde

Ein Filmstar für Kiki

KOSMOS

Umschlaggestaltung Isabelle Göntgen, Zell unter Aichelberg,
unter Verwendung eines Fotos von Sabine Stuewer

»Lissys Freunde – Ein Filmstar für Kiki«
ist der 6. Band der Reihe.
Außerdem sind bereits erschienen:
Band 1: »Lissys Freunde – Der Neue im Internat«,
ISBN 978-3-440-12101-6
Band 2: »Lissys Freunde – Allein ins Abenteuer«,
ISBN 978-3-440-12102-3
Band 3: »Lissys Freunde – Halloween im Schloss«,
ISBN 978-3-440-12122-1
Band 4: »Lissys Freunde – Ein Fohlen für Rebecca«,
ISBN 978-3-440-12047-7
Band 5: »Lissys Freunde – Rivalen auf Rosenberg«
ISBN 978-3-440-12048-4

FSC
www.fsc.org
The mark of responsible forestry
FSC® C017859

Gedruckt auf chlorfrei gebleichtem Papier

1. Auflage

ISBN 978-3-440-12049-1
Redaktion: Katharina Höfelmann
Produktion: DOPPELPUNKT, Stuttgart
Gestaltung und Satz: DOPPELPUNKT, Stuttgart
Printed in the Czech Republic / Imprimé en République tchèque

Die Freundinnen

Bente Brandstätter: blond, blaue Augen; neugierig. Überzeugte Tierschützerin und Redakteurin der Schülerzeitung. Ihr Pferd: die Holsteiner-Stute Flippi, Fuchs, viermal weiß gestiefelt.

Karolin »Karlchen« Karlsson: Dänin, brauner Wuschelkopf; fröhlich, frech und aufmüpfig. Ihr gehört der dicke Norweger Schnute (genauso frech wie seine Besitzerin).

Kiki van der Slooten: Belgierin, schwarze Haare; Musikgenie, verträumt. Spezialität: Springreiten. Ihr Pferd: Torphy, ein dunkelbrauner Wallach.

Rebecca Mangold: raspelkurze Haare; ruhig, vernünftig, intelligent. Stipendiatin auf Rosenberg. Ihre Lieblingsdisziplin: Dressur mit ihrer Rappstute Karfunkel.

Lissy Riedmann: Bentes Cousine; lebt mit ihren Eltern und ihrem Großvater auf einem Reiterhof in der Lüneburger Heide. Ihr Lieblingspferd: Arcado, ein Hannoveraner-Hengst.

1

»Wenn diese Hitzewelle noch lange anhält, schmelze ich.« Bente lag auf ihrem Bett und fächelte sich mit einem Handtuch Luft zu. »Nur eine kleine Pfütze wird von mir übrig bleiben, ihr werdet's sehen, und auch die wird spurlos verdunsten. Könnt ihr euch erinnern, dass es schon mal so heiß gewesen ist?«, stöhnte sie.

Kiki schüttelte den Kopf. Sie trug ein ärmelloses T-Shirt und abgeschnittene Jeans. Eine kleine Schweißperle lief ihr die Schläfe hinunter. Träge wischte sie sie fort.

Rebecca betrachtete seufzend ein gläsernes Terrarium, das auf ihrem Schreibtisch stand und mit einem dunklen Tuch sorgfältig gegen die Sonne abgeschirmt war. »Wenn das so weitergeht, kann ich mein Schneckenstudium vergessen. Schnecken brauchen Feuchtigkeit, um zu überleben. Die hohen Temperaturen und die Trockenheit bekommen ihnen gar nicht gut!«

Sie arbeitete an einem neuen Biologie-Projekt für »Jugend forscht« mit dem schönen Arbeitstitel: »Die Spanische Wegschnecke erobert den Norden. Fakten, Hintergründe und Analysen.« Seit sie in einer naturwissenschaftlichen Fachzeitschrift einen Artikel darüber gelesen hatte, dass seit ein paar Jahren eine bemerkenswerte Zuwanderung von südeuropäischen Schnecken nach Nordeuropa zu beobachten war, war sie von dem Thema gefesselt und dachte Tag und Nacht an nichts anderes mehr. Sie wollte unbedingt herausfinden, warum die Weichtiere nach Norden wanderten, und vor allem, wie sie es taten. Reisten sie im Gepäck von Touristen? Waren sie blinde Passagiere auf Schiffen oder Lkws? Rebecca wusste zwar noch nicht genau, wie sie den Weg der Schnecken analysieren sollte, aber sie hatte sich vorgenommen, so viel wie möglich über die Tiere herauszufinden und eine Arbeit darüber zu schreiben. Auch wenn sie das Rätsel der Wanderung vermutlich nicht lösen konnte, könnte sie vielleicht neue Erkenntnisse über Leben und Verhalten der Schnecken gewinnen. Die ungewöhnliche Hitze der vergangenen Wochen drohte allerdings, ihr Projekt zu durchkreuzen. Nur zwei lebende Nacktschnecken hatte sie bis jetzt gefunden – Carlos und Juan –, die sie in ihrem selbst gebauten Terrarium liebevoll hegte und pflegte. Alle anderen Schnecken rund um das Reitinternat hatten sich entweder tief ins Erdreich verkrochen oder sie waren Opfer der Dürre geworden und vertrocknet.

»Vielleicht ist dein Juan ja eine kleine Juanita!« Karlchen saß auf der Fensterbank und kicherte. »Dann produzieren sie und Carlos viele kleine Schneckenbabys und du kannst deine Forschungen mit ihnen betreiben.«

»Schnecken sind gleichgeschlechtlich«, erwiderte Rebecca. »Sogenannte Zwitter. Das ist vierte Klasse Sachkunde, Karlchen! Es gibt keine Männchen und Weibchen. Sie befruchten sich gegenseitig und legen Eier, aus denen die Babyschnecken schlüpfen.«

»Vielen Dank für die Nachhilfe.« Karlchen verbeugte sich leicht.

»Bitte sehr, gern geschehen.« Rebecca hob ein Salatblatt hoch, das Juan und Carlos als Nahrung diente. Es war schon ein bisschen welk. Rebecca zupfte die braunen Ränder ab. Dann griff sie nach einer Plastikflasche und besprühte den Glasbehälter mitsamt den Schnecken mit kaltem Wasser. Carlos und Juan reckten dankbar die Fühler.

»Wenn ich es hinkriege, den beiden ein optimales, biologisch einwandfreies Umfeld zu schaffen, legen sie vielleicht wirklich Eier«, murmelte sie. »Ich muss sie nur immer schön feucht halten.«

Kiki, Karlchen und Bente sahen sich an und rollten mit den Augen.

Karlchen hüpfte von der Fensterbank. »Ich geh noch mal duschen. Gegen diese Affenhitze hilft nur eiskaltes Wasser.« In der Badezimmertür drehte sie sich um. »Soll ich Juan und Carlos mitnehmen und befeuchten?«, fragte sie freundlich.

Rebecca runzelte die Stirn.

Karlchen verschwand lachend im Bad. »War nicht ernst gemeint!«

Die ungewöhnliche Hitzeperiode dauerte nun schon zwei Wochen. Alle litten und stöhnten unter den tropischen Temperaturen. Die Internatsleitung hatte den Tagesablauf geändert und sogar die Stundenpläne umgestellt. Die Mädchen und Jungen mussten jetzt schon um Viertel vor sechs aufstehen. Unterrichtsbeginn war für alle Klassen um sieben. Spätestens um zwölf, wenn das Thermometer seinen Höchststand erreichte, war Schulschluss. Dann gab es ein leichtes Essen im Speisesaal und anschließend zogen sich die Schüler auf ihre Zimmer zurück.

Der Hausmeister hatte vor die Fenster im Schloss Fliegengitter gesetzt, damit sie Tag und Nacht aufbleiben konnten. Trotzdem war es in den Zimmern kaum auszuhalten. Die Mauern des Schlosses schienen die Wärme zu speichern. Alle hofften, dass bald ein Gewitter die Luft abkühlen würde.

»Wisst ihr noch, wie schön es im Winter war?« Kiki leckte sich die Lippen. »Bis zu den Knien sind wir im Tiefschnee versunken!«

»Schnee und Eis wären schön«, nickte Bente. »Aber ein netter Regenschauer würde auch schon genügen. Die Pferde würden sich bestimmt auch darüber freuen.« Sie stand auf und warf einen Blick aus dem Fenster. Die sonst so gepflegten Weideflächen rund um das Schloss waren trocken, das Gras verdorrt und gelb. Die Pferde und Ponys standen mit tief hängenden Köpfen im Schatten ihrer Weidebäume und wedelten träge mit den Schweifen – die einzige Bewegung, zu der sie sich aufraffen konnten.

Bente sah, dass inzwischen sogar die großen Laubbäume im Park ihre Blätter hängen ließen, und wandte sich um. »Nicht einmal ein Bad im Meer würde jetzt Erfrischung bringen. Die Nordsee ist warm wie eine Badewanne.«

»Stimmt.« Karlchen kam aus dem Badezimmer. Sie sah frisch und munter aus und setzte sich verkehrt herum auf einen Schreibtischstuhl. »Stevens Klasse war gestern am Strand. Eine Freundin von ihm hat so einen heftigen Sonnenbrand bekommen, dass sie heute auf die Krankenstation musste!«

»Echt? Die Ärmste!«, sagte Kiki mitfühlend.

»Wer sich der prallen Sonne aussetzt, hat selber Schuld«, meinte Rebecca ungerührt. »Wie kann man nur so doof sein? Jedes Kind weiß inzwischen doch, wie intensiv die Sonne brennt, vom Ozon mal ganz abgesehen!«

»Trotzdem wäre ein Ausritt ans Wasser herrlich«, nahm Karlchen den Faden wieder auf. »Es muss ja nicht das Meer sein. Wir könnten Herrn von Hohensee vorschlagen, an die Eider zu reiten. Am Fluss gibt es doch diese tolle, schattige Badestelle. Da könnten sogar unsere Pferde ein bisschen planschen und sich abkühlen!«

»Hm, ja, ich glaub, ich weiß, welche Stelle du meinst. Sie liegt an unserer Laufstrecke, oder?« Bente nickte. »Das ist echt ein schönes Plätzchen und gar nicht weit von hier entfernt. Wir fragen Herrn von Hohensee einfach mal. Mehr als Nein sagen kann er nicht.«

Kiki blätterte gelangweilt im Rosenberg-Boten, der Schülerzeitung des Reitinternats. »Hey!«, rief sie plötzlich. »Wusstet ihr, dass hier in der Nähe die Dreharbeiten zur Vorabendserie ›Die Klinik am Meer‹ laufen?«

»Dreharbeiten? Fürs Fernsehen?« Bente riss die Augen auf. »Das ist ja krass!«

»Ja, irre, was?« Kiki setzte sich kerzengerade hin. »Dieser Schauspieler, der den Assistenzarzt Dr. Wiltfang spielt, sieht total klasse aus, findet ihr nicht auch?«

»Henning Sandborg? Na, das ist wohl Geschmackssache. Mein Typ ist er jedenfalls nicht«, erwiderte Rebecca trocken. »Der sieht doch aus wie Dieter Bohlen!«

Kiki warf der Freundin die Internatszeitung an den Kopf.

»War mir klar, dass du ihn nicht gut findest«, murrte sie. »Du hast eben keinen Geschmack.«

»Hahaha«, gab Rebecca zurück.

»Wovon redet ihr überhaupt?«, mischte Karlchen sich ein.

»Nicht wovon, Karlchen«, korrigierte Bente sie, »sondern von wem. Henning Sandborg ist dieser smarte Typ, über den momentan jede zweite Zeitschrift berichtet. Er spielt eine Hauptrolle in der Klinikserie, wobei seine Aufgabe darin besteht, möglichst vielen Krankenschwestern und weiblichen Patienten die Köpfe zu verdrehen und ihnen die Herzen zu brechen. Meine Cousine Lissy ist total verrückt nach der Serie und lässt keine Folge aus. Jedes Mal wenn ich mit ihr telefoniere, schwärmt sie mir endlos von dem Typen vor.«

»Ach so, der …«, winkte Karlchen ab. »Nee, mein Typ ist der auch nicht gerade.« Sie kräuselte die Nase und nieste. »Aber spannend ist es trotzdem, findet ihr nicht? Ich meine, dass hier so berühmte Leute in der Gegend rumlaufen und einen echten Film drehen, kommt ja nicht gerade oft vor.«

Die Freundinnen stimmten ihr zu. Sogar Rebecca nickte.

»Du hast recht«, sagte sie. »Es wäre bestimmt interessant, mal bei den Dreharbeiten zuzugucken. Ich würde zu gerne mal sehen, was so alles hinter den Kulissen passiert und wie viel Arbeit in einer Folge steckt.«

»Steht im Rosenberg-Boten zufällig, wo die Dreharbeiten stattfinden?«, erkundigte sich Bente.

Kiki schüttelte den Kopf. »Nö, leider nicht. Nur, dass das Filmteam sich ein paar Tage lang für Außenaufnahmen in der Gegend aufhält.«

»Och Menno«, schimpfte Karlchen. »Irgendwo da draußen

wird ein echter Film gedreht und wir hocken hier in unserem Zimmer und schwitzen vor uns hin.«

Kiki hob den Rosenberg-Boten auf und seufzte. »Ja, das ist wirklich unglaublich. Henning Sandborg, der Traum meiner schlaflosen Nächte, ist in meiner Nähe und ich hab keine Chance, an ihn ranzukommen. Wie soll ich das nur überleben?«

Rebecca zeigte ihr einen Vogel.

»Wer weiß?«, fragte Karlchen verschmitzt. »Vielleicht können wir irgendwie rauskriegen, wo das Filmteam gerade ist? So schwer kann das doch nicht sein. Und dann kreuzen wir da einfach mal auf und holen uns ein Autogramm.«

»Ein Autogramm?« Kiki verzog das Gesicht. »Ich bin doch kein Baby!«

»Nee, ist klar«, grinste Bente. »Wahrscheinlich verknallt dieser Sandborg sich auf den ersten Blick in dich und nimmt dich ruck, zuck mit in seine Villa, wo ihr glücklich und zufrieden bis an euer Ende lebt. So wie bei ›Pretty Woman‹.«

»Warum denn nicht?«, fragte Karlchen. »Meine Großmutter sagt immer: Unverhofft kommt oft!«

»Das trifft's genau«, sagte Rebecca. »Kiki macht oft unverhoffte Sachen, wie wir wissen. Der arme Sandborg tut mir jetzt schon leid.« Sie machte eine Pause. »Und Patrick erst recht.«

Kiki zuckte leicht zusammen. Ihren Freund Patrick hatte sie bei ihrer Schwärmerei komplett verdrängt. Sie setzte ein strahlendes Lächeln auf.

»Wieso Patrick?«, fragte sie unbekümmert. »Wenn ich es wirklich schaffe, Henning persönlich kennenzulernen, muss Patrick das doch nicht unbedingt erfahren, oder?«

»Henning!« Rebecca stöhnte auf. »Jetzt duzt sie ihn schon!«

Kiki warf ihr einen giftigen Blick zu.

»Wisst ihr, was meine Oma noch sagt?« Karlchen stand auf und streckte sich.

Die drei Freundinnen starrten sie erwartungsvoll an.

»Über ungelegte Eier soll man nicht gackern«, sagte Karlchen. »Also, lasst uns erst mal sehen, ob wir das Filmteam überhaupt ausfindig machen können.«

»Und dann sehen wir weiter, einverstanden«, schloss Bente sich an. »Karlchen, ich muss sagen: Wo deine Oma recht hat, hat sie recht. Und jetzt«, sie zückte ihr Handy, »ruf ich Lissy an und erzähl ihr, dass der hübsche Henning in der Nähe ist. Die flippt glatt aus, wenn sie das hört! Wetten, dass sie sich in den nächsten Zug setzt, nur um ihn mal kurz zu sehen?«

Die anderen lachten, während Bente mit flinken Fingern die Nummer ihrer Cousine wählte.

2

In der darauffolgenden Nacht wälzte sich Kiki unruhig auf ihrem Bett hin und her. Obwohl sie nur ein dünnes T-Shirt trug und sich nicht zugedeckt hatte, war die Wärme im Zimmer unerträglich. Im Nachbarbett murmelte Rebecca leise im Schlaf.

Kiki stand auf und trat ans Fenster. Der Park und das Gelände rund um das Schloss lagen in silbrigem Mondlicht. Gedankenverloren nahm sie die Plastikflasche von Rebeccas Schreibtisch und bespritzte die Schnecken im Terrarium, den Rest des Wassers sprühte sie sich selbst ins Gesicht. Es war warm und abgestanden und erfrischte kein bisschen. Als sie wieder in ihr Bett krabbelte und die Augen schloss, seufzte sie. Wie sollte sie in diesem Backofen jemals einschlafen? Bente hatte recht: Bald würden sie schmelzen und verdunsten. Ganz bestimmt.

Kiki holte ihre Taschenlampe aus der Nachttischschublade und nahm eine Zeitschrift in die Hand, die aufgeblättert neben dem Bett lag. Schon bald war sie in einen interessanten Artikel über Henning Sandborg vertieft, der auf zwei Doppelseiten sein aufregendes Leben als Schauspieler schilderte.

»Aufwachen, du Trantüte!« Kiki wurde unsanft geschüttelt. Sie hob eine Hand und knurrte etwas Unverständliches. »Kiki, wach endlich auf!« Rebeccas Stimme klang unerbittlich. »Wir kommen zu spät!«

»Na und?« Kiki gähnte und schlug die Augen auf. »Ich hab gerade so schön geträumt.«

»Ja, klar. Von diesem blonden Strahlemann.« Kopfschüttelnd hob Rebecca die Zeitschrift auf und warf sie auf Kikis Schreibtisch. »Übrigens sind die Batterien leer. Du hast vergessen, deine Taschenlampe auszuknipsen.«

Kiki streckte sich und stand auf. »Meine Güte, hast du miese Laune. Hast du schlecht geschlafen?«

Rebecca brummte etwas und verschwand im Bad.

Wenig später waren die Mädchen angezogen und standen im Flur vor Karlchens und Bentes verschlossener Zimmertür.

»Super«, murrte Rebecca. »Noch zwei, die verschlafen haben.«

»Von wegen verschlafen.« Bente steckte den Kopf durch den Türspalt. Sie hatte Rebeccas letzte Worte gehört.

»Guten Morgen, gute Laune!«, rief Karlchen fröhlich aus den Tiefen des Zimmers. Sie tauchte an der Tür auf und grinste. »Du, Rebecca, ist dir vielleicht eine Schnecke über die Leber gelaufen? Du guckst so grantig.«

Rebecca verdrehte die Augen. »Es heißt ›eine Laus über die Leber‹, liebe Karolin, nicht Schnecke. Und jetzt kommt endlich, sonst kriegen wir kein Frühstück mehr.« Sie wandte sich um.

»Wir müssen unbedingt mit Herrn von Hohensee sprechen«, flüsterte Bente den anderen zu. »Wenn wir heute nicht irgendwie ans Wasser kommen, um Rebecca abzukühlen, dreht sie durch.«

Kiki stimmte ihr zu. »Es wäre wirklich schön, wenn wir mit den Pferden zum Fluss dürften. Eine Abkühlung würde uns allen guttun, nicht nur Rebecca.«

Trotz des eingeschränkten Stundenplans hatten die Schüler und Lehrer Probleme damit, sich auf den Unterricht zu konzentrieren. Miss Wedgewood, die Englischlehrerin der 9b, war fahrig und unkonzentriert, was aber kaum auffiel, weil die Klasse ebenfalls nicht bei der Sache war. Als es am späten Vormittag zum Mittagessen läutete, atmeten alle auf.

»Ich hab bei dieser Affenhitze überhaupt keinen richtigen Appetit«, stöhnte Bente.

»Ich eigentlich auch nicht«, gestand Karlchen. »Aber ich will trotzdem wissen, was es gibt.«

Das Mittagsbüfett bestand aus grünem Salat, Gemüsesuppe und als Nachtisch Obst und Melonenscheiben auf Eis. Genau die richtige »ernährungsphysiologisch ausgewogene Zusammenstellung einer leichten Mahlzeit bei hohen Innen- und Außentemperaturen«, wie Rebecca zufrieden bemerkte.

Karlchen zeigte ihr einen Vogel.

»Hauptsache, in der Suppe ist ordentlich Kohlrabi«, sagte sie bestimmt. »Ich liebe Kohlrabi.«

»Hast du nicht gerade eben noch gesagt, du hast keinen Hunger?«, fragte Bente irritiert.

»Ich hab's mir anders überlegt«, war Karlchens Antwort.

Kiki gab ihr einen Knuff in die Seite, als sie am langen Tresen ihre Teller füllten. »Du liebst nicht nur Kohlrabi, sondern alles, was man essen kann. Gib's zu.«

»Stimmt. Aber meinen Snude liebe ich auch«, erwiderte Karlchen. »Und den würde ich zum Beispiel niemals essen. Na ja«, schränkte sie ein, »ein bisschen an seinem Ohr knabbern würde ich vielleicht schon. Aber wirklich nur, wenn ich gar nichts anderes hätte.«

Als die Mädchen an ihrem Tisch Platz genommen hatten, ertönte plötzlich ein schriller Aufschrei: »Iiih, wie eklig! In meinem Salat ist eine Schnecke!« Dem Schrei folgte das Geräusch von zersplitterndem Porzellan. Köpfe fuhren herum, ein Mädchen war aufgesprungen.

»Marie-Claire ist mal wieder hysterisch«, analysierte Karlchen die empfindsame Mitschülerin, während sie sich ihrer Suppe widmete. Frau Wuttig, die Küchenchefin, hatte ihr extra viel Kohlrabi aufgetan.

Rebecca horchte auf. »Eine Schnecke?« Sie stand auf und bahnte sich einen Weg zwischen den Tischen und Stühlen hindurch. Eine Küchenhelferin brachte gerade Handfeger und Kehrschaufel.

»Die Bescherung machst du bitte selber weg«, sagte sie dem blonden Mädchen.

»Aber da ist eine Schnecke drin«, jammerte Marie-Claire verzweifelt.

Rebecca nahm die Schmutzschaufel. »Lass mich mal sehen.« Sie bückte sich, schob die Scherben zur Seite und untersuchte mit spitzen Fingern die unansehnlichen Überreste des Salats. Tatsächlich: Unter einem Blatt klebte eine winzig kleine hellgraue Schnecke. Rebecca pflückte sie ab, nahm sie auf die Hand und richtete sich wieder auf. »So ein Glück, ihr ist nichts passiert! Darf ich sie haben, Marie-Claire?«

»Mach mit ihr, was du willst«, entgegnete die Klassenkameradin. »Hauptsache, du schaffst sie von hier weg!«

Rebecca lächelte. »Danke, das ist echt lieb von dir.« Sie drückte der verdutzten Marie-Claire die Schaufel in die Hand und kehrte mit der Schnecke zu ihrem Platz zurück. Behutsam setzte sie das Tierchen auf eine Serviette und betrachtete es von allen Seiten.

»Spinnst du komplett?«, fragte Kiki entsetzt. »Bring sofort dieses schleimige Ding weg, sonst schrei ich! Ich hab zwar nichts gegen Schnecken, aber direkt neben meinem Teller möchte ich sie nicht unbedingt haben.«

Frau Wuttig, die das Geschehen verfolgt hatte, stellte ein leeres Marmeladenglas auf den Tisch. In dem Glas lagen ein paar Salatblätter. Der Küchenchefin war es sichtlich unangenehm, dass in ihrem Essen eine Schnecke gefunden worden war.

»Tu sie lieber schnell hier rein«, sagte sie zu Rebecca und, mit einem Blick auf Marie-Claire, die immer noch damit beschäftigt war, die Scherben zu beseitigen: »Sonst fällt Madame noch in Ohnmacht.« Sie zwinkerte Rebecca zu und wollte wieder in der Küche verschwinden.

»Vielen Dank, Frau Wuttig!«, rief Rebecca ihr hinterher. »Und falls Sie noch mehr Schnecken in Ihrer Küche finden, bringen Sie sie ruhig zu mir!«

Frau Wuttig schüttelte nur den Kopf. Ein paar Mädchen schoben mit angewiderten Blicken ihre Teller zur Seite. Ein Junge aus der Oberstufe grölte: »Hilfe, eine Kröte! In meiner Suppe sitzt eine Kröte! Ich sterbe!« Er griff sich theatralisch an die Kehle und ließ sich vom Stuhl fallen.

Im Speisesaal brandete lautes Lachen auf. Miss Wedgewood, die die Aufsicht hatte, lachte mit, aber dann bat sie um Ruhe.

»Lasst den Unsinn und esst weiter!«, rief sie. »Ich bin mir sicher, dass die Schnecke in Marie-Claires Salat ein Einzelexemplar war und euer Mittagessen unbedenklich genießbar ist.«

Frau Wuttig nickte. »Jawohl«, sagte sie laut. »Ich habe keine Ahnung, wie dieses Tier auf den Teller gekommen ist. Ich habe den Salat heute Morgen eigenhändig geputzt.« Sie schüttelte noch einmal den Kopf und murmelte, mehr zu sich selbst: »Herrje, wie konnte ich dieses Viech nur übersehen?«, bevor sie endgültig in der Schlossküche verschwand.

»Das arme kleine Ding hat doch nur nach einem feuchten Platz gesucht«, verteidigte Rebecca ihren Schützling. »Jedes Kind weiß, dass Mollusken – in diesem Falle Bauchfüßer – absolut harmlos sind.«

»Hast du schon einen Namen für deinen Bauchfüßer?«, kicherte Bente.

»Nein.« Rebecca betrachtete die Schnecke. »Sie ist ziemlich schnell. Seht euch nur an, in was für einem Tempo sie den Salat verputzt. Wahnsinn!«

Kiki gluckste. Sie musste sich sehr zusammenreißen, um nicht laut loszuprusten. »Wirklich stark, zu was für Leistungen so ein Weichtier imstande ist!«

»Wie wär's mit Speedy Gonzales?« Karlchen pochte mit ihrem Suppenlöffel gegen das Marmeladenglas, was Rebecca mit einem missbilligenden Blick quittierte. »Der Name passt gut zu Juan und Carlos. Und außerdem«, fügte sie hinzu, »war Speedy Gonzales die schnellste Maus von Mexiko.«

»Es ist zwar ein bisschen komisch, einer Schnecke einen Mäusenamen zu geben«, fand Rebecca, »aber der Name passt. Danke, Karlchen. Und jetzt hör bitte auf, gegen das Glas zu klopfen, ja? Du machst Speedy ganz nervös.«

Nach dem Mittagessen setzte Rebecca Speedy Gonzales zu seinen Artgenossen ins Terrarium und besprühte ihn ausgiebig mit frischem Wasser. Anschließend gingen die Mädchen quer über den Schlosshof zu den Ställen des Reitinternats. Sie hatten beschlossen, ihre Hausaufgaben auf den Abend zu verschieben, wenn es – hoffentlich – etwas kühler sein würde.

»Dem armen Lawrence ist es anscheinend auch zu heiß.« Bente zeigte auf einen grauen Hund, der hechelnd im Schatten der Stallmauer lag und nur kurz aufschaute, als er die Freundinnen kommen sah.

Karlchen bückte sich, um den Irischen Wolfshund, der Miss Wedgewood gehörte, zu streicheln. »Armer Larry. Vielleicht erlaubt dein Frauchen, dass du uns ans Wasser begleitest?«

Lawrence wedelte schwach mit dem Schwanz.

»Sieht nicht so aus, als hätte er große Lust, sich zu bewegen«, sagte eine Stimme aus dem Dunkel des Stalls. »Genauso wenig wie ich.«

Rebecca zog die Stirn kraus. »Daniel? Bist du das?«

Ein blonder Junge trat aus dem Gebäude. Er hatte ein Baseballcap verkehrt herum auf dem Kopf und trug abgeschnittene Jeans – sonst nichts.

»Hallo, Mädels«, sagte er lässig, wobei er sich dehnte und seine bemerkenswerten Bauchmuskeln spielen ließ.

»Was machst du hier um diese Zeit?«, fragte Rebecca verwundert.

Daniel ging auf sie zu und nahm sie in den Arm. »Auf dich warten, was sonst?« Er lächelte und gab ihr einen Kuss. »Nee, im Ernst: Das Hockey-Training fällt wegen der subtropischen Temperaturen in der Halle aus. Ich hab die freie Zeit genutzt und war mit Mystery in der Schwemme. Und jetzt erhol ich mich im Stall. Da ist es nämlich schön kühl.«

»Stimmt.« Ein zweiter Junge trat auf den sonnenbeschienenen Hof – dunkelhaarig, braun gebrannt und ebenso spärlich bekleidet wie Rebeccas Freund. »Kommt rein und überzeugt euch selbst.«

»Nee danke, Patrick«, entgegnete Kiki. Sie gab ihrem Freund ein Küsschen auf die Wange und sagte: »Wir suchen Herrn von Hohensee. Wisst ihr, wo er steckt?«

Patrick und Daniel warfen sich einen Blick zu und grinsten.

»Klar«, meinte Patrick. »Unser Rittmeister hält eine Siesta.«

Er zeigte auf eine große Linde auf der Koppel neben dem Stall. Ein Mann lag ausgestreckt in ihrem Schatten, das Gesicht mit einem ausgeblichenen Strohhut bedeckt. Er schlief tief und fest und schnarchte leise.

»Seit es so heiß ist, dass einem die Dachpappe wegschmilzt, hat Herr von Hohensee einen südeuropäischen Lebensstil angenommen«, erklärte Daniel. »Eine lange Mittagspause gehört unbedingt dazu.«

»Aha«, sagte Rebecca.

»Soso«, murmelte Kiki.

Bente zog die Augenbrauen hoch. »Und wie lange dauert so ein südeuropäischer Mittagsschlaf ungefähr?«

»Och, das ist ganz unterschiedlich«, erwiderte Daniel mit todernster Miene.

Patrick wiegte den Kopf. »Ja, das kann man unmöglich vorher sagen. Manchmal reichen zehn Minuten, manchmal braucht er aber auch eine Stunde, bis er wieder wach ist.«

»Ihr wollt uns veräppeln, oder?«, fragte Karlchen belustigt.

»Im Leben nicht!« Patrick hob die Hand wie zum Schwur.

Daniel machte ein erschrockenes Gesicht. »Das würden wir uns nie erlauben!«

»Na, wenn das so ist«, Karlchen leckte sich den Schweiß von der Oberlippe und drehte sich um, »dann kann ich ja auch erst mal zu Snude gehen, nicht? Kommt jemand mit?«

Patrick und Daniel schüttelten einhellig die Köpfe.

»Viel zu heiß«, stöhnten Kiki und Rebecca gleichzeitig.

»Schon kapiert.« Karlchen zwinkerte ihnen zu. »Ihr wollt ein bisschen allein sein.« Ohne eine Antwort abzuwarten, zog sie Bente hinter sich her in Richtung Ponykoppel.

»Wieso hast du mich nicht wenigstens gefragt, ob ich mitwill?«, beschwerte sich Bente.

Karlchen blieb stehen, um das Gatter zu öffnen. »Mensch, bist du blöd! Unsere beiden Liebespaare wollten ungestört sein, hast du das nicht gemerkt?« Sie legte zwei Finger an die Lippen und stieß einen kurzen Pfiff aus.

»Ach so«, murmelte Bente. »Klar, verstehe.«

Im Schatten eines Unterstandes döste die Ponyherde mit hängenden Köpfen. Ein stämmiger Falbe hob seinen Kopf und brummelte leise.

»Heja, Snude!«, rief Karlchen ihm zu. Sie kletterte über den Zaun, schritt auf den Norweger zu und fuhr ihm mit der flachen Hand unter die wollige Stirnmähne. »Junge, du schwitzt aber!«

Wie zur Bestätigung rieb Schnute seinen Kopf an ihrer Schulter und gähnte.

Bente kraulte einen hübschen Haflinger. Er gehörte ihren jüngeren Zwillingsbrüdern Benjamin und Bastian, die seit Kurzem ebenfalls Schüler des Reitinternats waren.

»Weißt du was? Wir nehmen Snude, Bommel und Snorri gleich mit«, schlug Karlchen vor. »Die Dicken müssen unbedingt ein bisschen planschen, sonst kriegen sie noch einen Hitzschlag.« Sie griff in Schnutes Mähne und schnalzte mit der Zunge.

»Aber du weißt doch gar nicht, ob Herr von Hohensee es uns erlaubt«, wandte Bente ein.

»Was sollte der schon gegen eine Abkühlung haben?«, entgegnete Karlchen. »Bei dem Wetter kann's doch gar keine zwei Meinungen geben!« Sie lockte Patricks Isländer Snorri heran und packte ihn ebenfalls an der Mähne. »Patrick wird sich freuen, wenn ich ihm seinen Isi gleich mitbringe, dann spart er sich den Weg. Los, schnapp dir Bommel und mach das Gatter auf. Aber pass auf, dass die anderen nicht mit rausschlüpfen.«

Karlchens Sorge war unbegründet: Die übrigen Kleinpferde und Ponys schenkten ihnen kaum Beachtung. Faul blieben sie im Schatten des Unterstands stehen und wehrten lästige Fliegen und Bremsen mit ihren Schweifen ab.

Als Karlchen und Bente die drei Robustpferde zum Stall führten, sahen sie, dass Herr von Hohensee seine Siesta beendet hatte. Der Reitlehrer kam ihnen mit ein paar Halftern entgegen.

»Ihr wollt mich wohl vor vollendete Tatsachen stellen«, schmunzelte er zur Begrüßung, während er den Ponys die Halfter anlegte. »Aber eure Freundinnen haben mich schon vorgewarnt.«

»Heißt das, wir dürfen mit den Pferden zum Fluss?«, fragte Bente.

Herr von Hohensee nickte. »Ich hab schon mit Frau Dr. Paulus gesprochen. Sie ist genau wie ich der Meinung, dass wir alle ein kühles Bad vertragen könnten.«

»Super!« Karlchen freute sich. »Kommen Sie auch mit?«

»Natürlich, ich hol nur noch meinen Jolly Jumper. Patrick und Daniel sind zum Schloss gelaufen und sagen den anderen Bescheid«, erwiderte Herr von Hohensee. »Kiki und Rebecca sind im Stall und machen ihre Pferde fertig. Sobald wir vollzählig sind, geht's los.«

Wenig später nahmen die Mädchen und Jungen der Reitabteilung im Schlosshof Aufstellung. Die Gruppe war überschaubar; vielen war es für einen Spaziergang – trotz der Aussicht auf ein kühles Bad im nahe gelegenen Fluss – viel zu heiß. Sie zogen es vor, im Schloss zu bleiben.

Die Pferde und Ponys trugen nur ihre Halfter mit Führstricken, und statt der sonst üblichen Reithosen und langen Stiefel hatten ihre Besitzer sich für T-Shirts, Shorts und Sportschuhe entschieden.

Herr von Hohensee, wie alle anderen im Sommerdress, hatte Jolly Jumper, seinen Holsteiner, fest im Griff. Trotzdem trat der Rotfuchs von einem Huf auf den anderen und versuchte immer wieder, nach anderen Pferden zu schnappen. Mystery, Daniels Trakehnerhengst, keilte aus und traf eine kleine Stute an der Brust. Empört quiekte die Braune auf und machte ihrem Unmut mit einem Buckler Luft.

»Das kann ja heiter werden«, stöhnte Bente. »Die Pferde scheinen echt schlechte Laune zu haben.« Sie hielt die Führleine ihrer Stute in einer Hand. Flippi ließ müde ihre Unterlippe hängen und zog einen Flunsch.

»Sie leiden genauso unter der Hitze wie wir«, stellte Kiki fest. Ihr dunkelbrauner Wallach Torphy hielt den Kopf gesenkt und seufzte. Dunkler Schweiß bedeckte seine Brust.

»Klar, was dachtest du denn?« Rebecca strich Karfunkel über die Stirn. Dicht neben der Rappstute stand Little Mystery, ihr Fohlen. Seit Kurzem ging er bei Ausritten »bei Fuß« an der Seite seiner Mutter.

Rebecca wollte den Kleinen nicht alleine auf der Koppel zurücklassen – obwohl sie keinen Schimmer hatte, wie er sich bei einem Ausflug in einer Gruppe von gereizten Pferden verhalten würde.

»Bleib immer schön bei deiner Mama«, flüsterte sie ihm ins Ohr. »Dann kann dir überhaupt nichts passieren.«

Karlchen kaute auf einem Kaugummi und produzierte eine prächtige, rosafarbene Blase, die mit einem lauten Knall zerplatzte. »Hoffentlich geht's bald los«, jammerte sie. »Sonst schläft mein Dickie noch im Stehen ein.« Schnute schüttelte den Kopf, bevor er gähnte und die Ohren baumeln ließ.

In diesem Moment rief Herr von Hohensee: »Abteilung im Scheeritt, marsch!«

Immer zwei Pferde nebeneinanderführend, verließ die Gruppe den Hof. Als auf der Schlossbrücke Hufeisen klapperten, guckten ein paar neugierige Gesichter aus den weit geöffneten Fenstern des Schlossgebäudes.

Frau Dr. Paulus, die Internatsleiterin, und Miss Wedgewood, die auf dem Balkon des Sekretariats saßen und Eistee tranken, winkten.

»Schade, dass der Kolibri nicht mitkommt«, fand Kiki.

Mit dem »Kolibri« war die Englischlehrerin gemeint, die den Spitznamen wegen ihrer knallroten Haare und ihrer Vorliebe für schrille und farbenprächtige Kleidung trug.

»Es ist ihr zu heiß. Sie hat vorhin zu Patrick gesagt, sie und ihre Tiere wären solche tropischen Temperaturen nicht gewöhnt«, berichtete Bente. »Wahrscheinlich hat sie recht. Ich glaub nicht, dass es in England jemals so warm wird.«

»Nee, da regnet's doch ständig«, pflichtete Karlchen ihr bei.

»Ihr habt ja mal wieder voll den Durchblick«, spöttelte Rebecca. Sie wollte gerade dazu ansetzen, ihre Freundinnen über die wahren klimatischen Gegebenheiten in Großbritannien aufzuklären, als sie seufzend abwinkte. Für einen Exkurs in Meteorologie und Geografie war es eindeutig zu heiß.

Solange die prächtige Allee, die vom Internat bis zur nahe gelegenen Landstraße führte, Schatten spendete, war der Spaziergang angenehm. Als die hohen Bäume allerdings nach einer Weile mehr und mehr zurückwichen und schon bald nicht mehr so dicht nebeneinanderstanden, knallte die Sonne gnadenlos auf die Abteilung nieder.

»Wessen bescheuerte Idee war das eigentlich?«, grummelte Bente vor sich hin, während sie mit einer matten Handbewegung eine aufdringliche Fliege von ihrer Nase verscheuchte. »So ein Schwachsinn! Dreißig Grad im Schatten und wir latschen mit den Pferden durch den Staub!«

Karlchen sah auf. »Wenn ich mich recht erinnere, warst du vorhin noch ziemlich begeistert von dieser blöden Idee«, erwiderte sie schnippisch. Sie blinzelte in die Sonne und leckte sich genüsslich die Lippen. »Vielleicht können wir uns irgendwo unterwegs ein Eis kaufen. Ich sehe es direkt vor mir: ein schönes, großes Eis, mindestens drei Kugeln. Erdbeer, Schokolade und Zitrone, hmm …«

»Hör auf, Karlchen!«, flehte Kiki. Ihr Gesicht war puterrot. Kleine Schweißrinnsale liefen ihr die Schläfen hinunter. »Das ist echt nicht auszuhalten! Ich frag mich die ganze Zeit, warum ich nicht im Schloss geblieben bin. Im Musikkeller ist es so schön kühl.«

Rebecca grinste. »Sag nicht, du würdest lieber Geige spielen, als mit Torphy schwimmen zu gehen. Das glaub ich nicht.« Sie wandte sich an Karlchen und Bente: »Und ihr solltet besser eure Energie sparen und nicht so viel jammern. Wir kommen zwar leider an keinem Eisladen vorbei, aber dafür ist es nicht mehr weit. In einer Viertelstunde sind wir da.«

Sie klopfte Karfunkels Hals und warf Little Mystery einen verliebten Blick zu. Das pechschwarze Fohlen ging brav an der Seite seiner Mutter, setzte graziös einen Huf vor den anderen und spitzte aufmerksam die Ohren.

»Ach was, du Schlaukopf! Wir kennen den Weg genauso gut wie du, stell dir vor«, meckerte Bente missmutig.

Karlchen gab sich der stillen Hoffnung hin, dass vielleicht doch irgendwo ein Eiswagen stehen würde, aber sie wusste, dass die Wahrscheinlichkeit eher gering war. Im Sportunterricht nahmen sie den Weg zum Fluss oft als Laufstrecke – und noch nie hatte sich bei der Gelegenheit die Chance ergeben, irgendwo ein leckeres Eis zu kaufen. Nein, sie befanden sich mit ihren Pferden im absoluten Niemandsland, in einer Wüste sozusagen, fernab von jeglicher Eis produzierenden Zivilisation.

Karlchens Gedanken schweiften ab. Sie legte eine Hand auf Schnutes Widerrist, schloss die Augen und fantasierte, sie und ihr Pony wären Forscher auf der Suche nach verlorenen Schätzen. Archäologen im Staub der Jahrtausende, Entdecker versunkener Welten –

»Karlchen!«, brauste Kiki plötzlich auf. »Sag mal, träumst

du oder hast du einen Sonnenstich? Pass gefälligst auf, wohin du läufst!«

Karlchen zuckte zusammen. Himmel! Fast wären sie und Schnute vom Weg abgekommen! Der runde Norweger hatte gerade noch rechtzeitig gebremst und war vor einem flachen, ausgetrockneten Graben stehen geblieben. Kiki und Torphy, die direkt hinter ihr und Schnute gingen, wären um ein Haar gegen das runde Hinterteil des Fjordpferdes geprallt.

»Ups, sorry«, sagte Karlchen hastig zu Kiki. Sie nahm den Führstrick fester in die Hand und zog Schnute zurück auf den Weg.

»Gute Güte, Snude«, raunte sie ihrem Pony zu. »Du bist doch nicht etwa eingeschlafen?«

Schnute prustete, schüttelte die Mähne und stapfte mit halb geschlossenen Augen weiter.

»Ich kann schon das Wasser sehen!«, rief Bente und zeigte durch die tief hängenden Zweige einer Trauerweide, hinter denen sich die Eider in sanften Bögen träge durch die Landschaft wand. Die Oberfläche des Flusses glitzerte verlockend im Sonnenschein. Ein paar Pferde hoben witternd die Köpfe.

»Hier kommen wir nicht ans Ufer!«, rief Patrick den anderen über die Schulter zu. »Wir müssen um die nächste Ecke. Dahinter gibt es einen Durchgang direkt bis ans Wasser.«

»Das wird aber auch Zeit.« Rebecca kniff die Augen zusammen. Die grelle Hitze flimmerte über dem schmalen Pfad. »Viel länger halt ich das nicht aus. Und die Pferde auch nicht.« Sie warf einen besorgten Blick auf Little Mystery. Das Rappfohlen wirkte nun doch erschöpft. Immer wieder stolperte es über Unebenheiten im Boden und versuchte, sich an seine Mutter zu lehnen. Der Kleine hatte eine Verschnaufpause im Schatten wirklich nötig.

Karlchen pfiff fröhlich vor sich hin, als die Abteilung vor ihr plötzlich ins Stocken geriet. Herr von Hohensee gab das Signal zum Halten und schimpfte laut. Karlchen konnte kein Wort verstehen, aber als sie den Hals reckte und sich auf die Zehenspitzen stellte, sah sie, dass mehrere große Kombis den Weg versperrten. Dicht hintereinander standen die Fahrzeuge auf dem schmalen Uferweg und machten ein Durchkommen unmöglich.

»Was ist denn los?«, fragte Kiki. »Warum geht's nicht weiter?«

»Der Weg ist blockiert!«, rief Bente ihr zu. »Da stehen lauter Autos.«

»Autos?« Kiki runzelte die Stirn. »Was für Autos?«

Herr von Hohensee drückte Patrick die Führleine seines Pferdes in die Hand und bahnte sich einen Weg durch die parkenden Fahrzeuge. Weit und breit war kein Mensch zu sehen. Trotzdem hörte der Reitlehrer nicht auf, sich lauthals zu beschweren.

»Eine Frechheit ist das!«, vernahmen die Mädchen seine kräftige Stimme. »Der Weg ist Privateigentum! Ich werde dafür sorgen, dass die Wagen abgeschleppt werden! Na wartet, wenn ich die erwische!«

»Junge, Junge, ist der geladen!« Karlchen rieb sich die verschwitzte Nase.

»Recht hat er«, meinte Rebecca. »Es ist wirklich unverschämt, den Weg so zuzuparken. Diese Seite des Ufers gehört zum Reitinternat und ist privat. Fremde haben hier nichts zu suchen und Autos schon mal gar nicht.« Sie zog Karfunkel in den Schatten eines Baumes. Little Mystery stellte einen Hinterhuf auf und ließ den Kopf hängen.

»Ey, cool!«, rief eine Stimme von vorne. »Die sind vom Fernsehen!«

Bente kannte die Stimme. Sie gehörte ihrem Bruder Bastian.

»Ob die hier einen Film drehen?«, ertönte eine zweite Stimme. Bente identifizierte sie sofort als die ihres zweiten Bruders Benjamin und horchte auf.

»Was ist?«, rief sie den Zwillingen zu.

»Die Autos sind vom Fernsehen!«, rief Bastian über die Köpfe der Abteilung hinweg. »Steht jedenfalls drauf!«

»Novaworld TV- and Video-Productions!« Benjamins Stimme überschlug sich fast, als er seiner Schwester die Aufschrift zurief.

Kiki drängte sich mit Torphy vor. »Fernsehen? Hab ich richtig gehört?«

Bente drehte sich zu ihr um. »Ja. Benjamin und Bastian sagen, die Kombis gehören zu einem Fernsehteam. Novaworld TV oder so.«

»Novaworld!« Kikis ohnehin schon knallrotes Gesicht leuchtete auf wie eine Tomate. »Das ist die Produktionsfirma der ›Klinik am Meer‹!«

»Bist du sicher?«, fragte Bente zweifelnd.

»Na klar!« Kiki hüpfte von einem Fuß auf den anderen. »Ich hab's gestern erst in dem Artikel über Henning gelesen! Los, lass mich durch! Die müssen hier ganz in der Nähe sein!«

»Spinnst du? Du bleibst, wo du bist!«, schimpfte Rebecca von hinten. »Du siehst doch, dass es nicht weitergeht!«

»Jetzt wird's lustig, Snude«, flüsterte Karlchen ihrem Fjordpferd ins Ohr. »Der olle Sandborg ist in der Nähe. Pass auf, Kiki wittert ihre Chance.«

Kiki stampfte so heftig mit dem Fuß auf, dass sie umgehend in einer Staubwolke stand. Torphy nieste und rieb seine Nase an ihrem weißem T-Shirt.

»Torphy, du Pferd!«, jammerte seine Besitzerin. »Mein nagelneues T-Shirt!«

Karlchen prustete in Schnutes Fell. Es war herrlich! Vorne stapfte Herr von Hohensee wie von der Tarantel gestochen durchs Unterholz und schimpfte in die Luft und hier hinten drehte Kiki durch! Karlchen lehnte sich entspannt gegen ihr Pony und verfolgte amüsiert, wie Kiki versuchte, die schmierigen Grasflecken, die Torphys Maul hinterlassen hatte, durch hektisches Wischen und Reiben von ihrem T-Shirt zu entfernen. Leider verschlimmerte sie den Schaden dadurch nur noch.

»Vergiss es, das hat keinen Zweck«, sagte Bente freundlich. »Ich kenn das. Solche Flecken kriegst du nur mit Kochwäsche wieder raus.«

Kiki starrte sie wortlos an. Sie sah aus, als würde sie jeden Moment explodieren. Es war einfach zum Verrücktwerden: Henning Sandborg war in der Nähe und sie stand hier mit ihrem ungezogenen Pferd und drei nervtötenden Freundinnen auf einem gottverlassenen staubigen Feldweg! Die Situation war so abwegig, dass sie nicht wusste, ob sie weinen oder lachen sollte.

Bente bemerkte nicht, dass Flippi sich neben ihr nervös anspannte. Eine Hornisse klebte am Bauch der kleinen Stute und Flippi versuchte, den Plagegeist loszuwerden, indem sie sich immer wieder mit einem Hinterlauf gegen den Bauch schlug. Sie schaffte es nicht; die Hornisse ließ sich nicht verscheuchen. Als das Insekt zustach, wieherte Flippi erschrocken auf. Sie spürte den Schmerz an ihrem Bauch und hatte instinktiv nur einen einzigen Gedanken: Flucht! Wie eine Kanonenkugel schoss sie nach vorn und zog Bente, die den Führstrick entgegen allen Vorschriften zweimal um ihr Handgelenk geschlungen hatte, mit sich. Es passierte so schnell, dass Bente überhaupt keine Chance hatte, zu reagieren.

Rebecca schrie noch: »Loslassen! Lass den Strick los!«, bevor sie sich mit einem Sprung in Sicherheit brachte. Flippi preschte knapp an ihr vorbei. Rebecca sah die weit aufgerissenen Augen des Pferdes. Flippi ging durch und Bente hing an ihrem Führstrick wie eine Marionette!

»Achtung! Flippi geht durch!«, schrie Rebecca den vor ihr stehenden Mitschülern zu. »Haltet sie auf!«

Kiki blieb der Mund offen stehen. Entsetzt starrte sie Bente und Flippi hinterher. Torphy war nur kurz zusammengezuckt. Als Turnierpferd hatte er gute Nerven und ließ sich nicht so leicht aus der Fassung bringen. Genüsslich fuhr er damit fort, nun auch noch die Rückseite von Kikis T-Shirt zu besabbern.

»Schiete!«, entfuhr es Karlchen. Sie klammerte sich erschrocken an Schnutes kurze Mähne und sah hilflos zu, wie Pferde und Kinder auseinanderstoben, als Flippi durch die Abteilung galoppierte. Ganz vorne bäumte Mystery sich auf, als

Flippi ihn streifte. Daniel hing für einen kurzen Moment an seinem Halfter in der Luft, aber er schaffte es, den Hengst wieder herunterzubekommen.

Wie durch ein Wunder hatte Bente es inzwischen geschafft, sich den wilden Galoppsprüngen ihres Pferdes anzupassen. Sie hatte als Kind voltigiert; im Normalfall war es kein Problem für sie, im Gleichschritt neben einem Pferd herzulaufen. Aber das hier war kein Normalfall. Sie musste versuchen, das Beste daraus zu machen, und vor allen Dingen durfte sie nicht stolpern. Dadurch, dass sie neben Flippi herlief, hatte sich der Zug auf dem Führstrick etwas verringert. Er schnitt nicht mehr ganz so tief in ihr Handgelenk. Sie spürte keinen Schmerz und konzentrierte sich ganz und gar darauf, nicht unter Flippis wirbelnde Hufe zu geraten. Heftig atmend stieß sie hervor: »Ho, ruhig, Kleine! Gaanz ruhig!«

Flippi hörte nicht auf sie. Mit eng angelegten Ohren versuchte die Stute immer noch, dem Schmerz unter ihrem Bauch zu entkommen. Als die weißen Kombis vor ihr auftauchten, bremste sie abrupt ab und brach zur Seite aus. Bente wurde herumgeschleudert und durch ein Gebüsch gezogen. Sie schrie auf, als die Zweige und Dornen ihre Haut streiften, und schloss die Augen. Flippi machte einen weiten Sprung nach vorn und riss sie einfach mit sich. Das Nächste, was Bente wahrnahm, war angenehm kühles Wasser, das über ihrem Kopf zusammenschlug.

Es gab ein lautes »Platsch!«, als Flippi und Bente Seite an Seite im seichten Wasser des Flusses landeten. Am Ufer herrschte atemloses Schweigen.

»Was um Himmels willen ist hier eigentlich los?«, schrie

Herr von Hohensee. Er stand zwischen seinen Schülern und raufte sich die Haare. Wegen seiner Suche nach den Fahrzeugbesitzern hatte er von Flippis Ausbruch nichts mitbekommen und starrte jetzt fassungslos auf die Fuchsstute, die bis zum Bauch im Wasser stand und mit den Ohren spielte, und das blonde Mädchen, das soeben wie eine Meerjungfrau neben dem Pferd auftauchte und dabei laut fluchend einen Schwall Wasser ausspuckte.

»Bente!«, rief Herr von Hohensee. »Komm sofort da raus! Die Badestelle ist weiter hinten!«

»Hast du das im Kasten, Kuddel?«, ertönte plötzlich eine aufgeregte Stimme. »Hast du das drauf?«

»Ja, alles drauf, Lutz«, rief eine andere Stimme zurück. »Die Szene ist im Kasten!«

»Schnitt!«, rief die erste Stimme. »Das war perfekt! Okay, Leute, halbe Stunde Pause!«

4

Bente fuhr herum und schüttelte sich wie ein nasser Hund, um das Wasser aus den Ohren zu bekommen. Ihr nasses Haar klebte an ihrem Kopf wie Seetang. Sie wischte sich die langen Tentakel aus dem Gesicht und stellte verblüfft fest, dass sie und Flippi auf einer flachen Sandbank fast in der Mitte des Flusses standen. Das Wasser reichte ihr knapp bis an die Hüfte. Als ihr Blick zum Ufer wanderte, traute sie ihren Augen kaum. Einen knappen Steinwurf von ihr entfernt, an einer vom Reitweg aus nicht einsehbaren Uferböschung, stand eine Gruppe von Frauen und Männern inmitten von Scheinwerfern, Kameras und anderen Gerätschaften, von denen Bente nicht mal im Ansatz ahnte, wozu sie dienten. Die Gruppe applaudierte. Jemand rief etwas und winkte.

Verwirrt sah Bente sich um. Hinter ihr war niemand. Wen starrten die Typen so an und weshalb klatschten sie? Merkwürdig.

Ein Mann mit zerknautschtem Anglerhut und dunkler Sonnenbrille erhob sich von einem Klappstuhl, zog sich Schuhe und Socken aus, krempelte die Hosenbeine hoch und watete ins Wasser. Mit ausgebreiteten Armen kam er direkt auf Bente und Flippi zu.

Flippi trat einen Schritt zurück und schnaubte irritiert.

»Mädchen, das war spitze!«, rief der Mann von Weitem. Er blieb stehen und musterte Bente interessiert.

Spitze? Bente hatte große Lust, dem Typen einen Vogel zu zeigen. Sie wollte sich gerade umdrehen und Flippi an Land führen, als der Mann ihr zurief: »Machst du so was öfter? Du hast Talent, Mädchen! Glaub mir, ich weiß, wovon ich spreche!« Er watete ein paar Schritte vorwärts. »Warte mal! Wie heißt du? Ich würde gerne ...«

Er kam nicht dazu, seinen Satz zu beenden. Von der anderen Seite näherte sich zu Bentes Erstaunen, ebenfalls mit langen Schritten durchs Wasser pflügend, Herr von Hohensee.

Bente stellte fest, dass ihr Reitlehrer erstaunliche Ähnlichkeit mit einem erzürnten Meeresgott hatte.

Wenn ich das Lissy erzähle, dachte sie und kicherte. Das glaubt die nie!

Ohne zu zögern, stapfte Herr von Hohensee auf sie, Flippi und den Fremden zu, wobei er vor Wut fast überzuschäumen schien. Bente zog unwillkürlich den Kopf zwischen die Schultern und versuchte, sich hinter Flippi zu verstecken.

»Ähm, hallo, Herr von Hohensee«, murmelte sie kleinlaut.

Flippi kräuselte die Nüstern und patschte vergnügt mit dem Vorderhuf auf die Wasseroberfläche. Das klare Flusswasser hatte die Schmerzen des Insektenstichs gelindert, der Schreck war verflogen. Die Stute fing an, sich wohlzufühlen. Sie liebte es, im Wasser herumzuplanschen. Es sah aus, als würde sie in Erwägung ziehen, ein paar Runden zu schwimmen. Bente, die den Gesichtsausdruck ihres Pferdes kannte, sagte streng: »Nein, Flippi! Untersteh dich!«

»Hab ich dir nicht eben laut und deutlich zu verstehen gegeben, dass du aus dem Wasser kommen sollst?« Herr von Hohensee hatte die kleine Versammlung in der Flussmitte erreicht. Er schnaufte und schüttelte den Kopf. Sein Gesicht sah sehr wütend aus, als er Bente fragte: »Sag mal, was ist los mit dir? Brauchst du eine Extra-Einladung? Hast du Bohnen in den Ohren? Raus aus dem Fluss! Für dich ist der Badespaß zu Ende! Du kehrst sofort um!«

Bente zuckte zusammen. »Ich, äh, aber ich wollte doch gar nicht …«, stotterte sie. »Also, das war nämlich so, ähm …« Nervös strich sie sich eine feuchte Haarsträhne aus dem Gesicht.

Herr von Hohensee sog scharf die Luft ein. »Was ist das?« Er nahm Bentes Handgelenk und drehte es vorsichtig hin und her. Zwei tiefe Striemen zogen sich rund um das Handgelenk, genau dort, wo Flippis Führstrick hineingeschnitten hatte. Die Haut war abgeschürft und blutete leicht, wobei das kühle Wasser offenbar Gutes bewirkt hatte: Die Wunde war sauber gespült und die Blutung schon fast gestillt. Es sah zwar schlimm aus, tat aber überhaupt nicht weh, wie Bente feststellte. Sie wollte gerade zu einer weiteren Erklärung der Umstände ansetzen, als der Reitlehrer ihre Bemühungen im Keim erstickte und ihr das Wort abschnitt.

»Wie oft habe ich euch gesagt – nein, eingebläut! –, ihr sollt die Führleinen eurer Pferde in der Hand halten und unter keinen Umständen um den Arm oder das Handgelenk schlingen?«, fragte er betont ruhig, während er Bentes Hand weiterhin festhielt.

»Äh, so hundertmal vielleicht?«, schätzte Bente vorsichtig.

»Und wie oft habe ich euch gesagt, dass ihr die Leine sofort loslassen sollt, wenn eure Pferde scheuen oder durchgehen?«

»Tausendmal?« Bente schlug die Augen nieder. »Ich weiß, ich hab's falsch gemacht. Tut mir leid.«

Herr von Hohensee ließ ihre Hand los und seufzte. »Mensch, Bente, wie konnte das passieren?«

»Keine Ahnung, ehrlich. Flippi muss sich vor irgendwas erschreckt haben. Sie ist einfach durchgegangen und ich …«

»Und du hattest den Strick ums Handgelenk gelegt, weil's bequemer war, und wurdest mitgerissen«, ergänzte Herr von Hohensee. Wieder schüttelte er den Kopf, dann sah er Bente prüfend an. »Tut dir sonst noch etwas weh? Bist du verletzt?«, erkundigte er sich.

»Nein, ich glaub nicht. Alles okay, mir geht's gut, danke.«

»Entschuldigen Sie, wenn ich mich einmische«, meldete sich plötzlich der fremde Mann zu Wort. Er hatte die ganze Zeit interessiert zugehört. »Gestatten Sie, dass ich mich vorstelle?« Er hielt Herrn von Hohensee die ausgestreckte Hand hin. »Mein Name ist –«

»Ich gestatte gar nichts«, brummte Herr von Hohensee, wobei er die Hand einfach übersah. Etwas versöhnlicher fuhr er fort: »Jedenfalls nicht, bevor ich dieses Mädchen und sein Pferd sicher ans Ufer gebracht und versorgt habe. Danach können Sie sich gerne bei mir vorstellen.« Er legte Bente eine Hand auf die Schulter und nahm Flippis Führleine. »Vielleicht erklären Sie mir dann freundlicherweise auch, wie Sie dazu kommen, private Reitwege zuzuparken und dadurch Unfälle unter meinen Reitschülern zu provozieren?« Er zog die Augenbrauen hoch und musterte den Fremden kritisch.

»Ich gehe doch recht in der Annahme, dass die widerrechtlich am Uferweg abgestellten Fahrzeuge Ihnen gehören?« Ohne ein weiteres Wort drehte er sich um und führte Bente und Flippi ans Ufer.

Der Mann mit dem Anglerhut blieb etwas bedröppelt stehen, dann lachte er leise und stapfte hinterher.

Am Ufer angekommen, überzeugte Herr von Hohensee sich noch einmal von der Unversehrtheit seiner Schützlinge. Bis auf Bentes aufgeschürftes Handgelenk und den Hornissenstich unter Flippis Bauch, der dem Reitlehrer nicht entging und von ihm als Auslöser des Übels identifiziert wurde, waren die beiden mit dem Schrecken davongekommen.

Erleichtert wurde Bente von ihren Freundinnen in Empfang genommen.

Rebecca nahm sie in den Arm und drückte sie. »Bin ich froh, dass dir nichts passiert ist!«

»Und ich erst«, erwiderte Bente mit einem schiefen Grinsen.

»Tut's sehr weh?«, erkundigte sich Karlchen mitfühlend. Sie deutete auf Bentes Handgelenk, das leicht angeschwollen war und eine bläuliche Färbung angenommen hatte.

»Es ist auszuhalten«, sagte Bente tapfer. »Hauptsache, Flippi ist nichts passiert.« Sie zupfte ihrer Stute liebevoll die Stirnmähne zurecht.

»Sag, hast du ihn gesehen?« Kiki schob sich vor Karlchen und Rebecca. »Wie sieht er aus?«, fragte sie aufgeregt. »Warst du in seiner Nähe? Hast du mit ihm gesprochen?«

»Hä?« Bente guckte die Freundin verständnislos an. »Wovon redest du?«

Karlchen zeigte Kiki einen Vogel.

Rebecca fing an zu schimpfen: »Sag mal, tickst du nicht richtig, Kiki? Bente hatte gerade einen schweren Unfall und du denkst nur an diesen … diesen ultra-blöden Fatzke vom Film?« Empört schüttelte sie den Kopf. »Ich fass es nicht!«

Kiki funkelte Rebecca an und wandte sich an Bente. »Klar, tut mir echt leid wegen eben und so«, sagte sie schnell. »Toll, dass du okay bist, Bente. Aber trotzdem … Hast du Henning Sandborg nun gesehen oder nicht?«

Bente starrte die Freundin an.

»Sorry, Kiki«, sagte sie, »aber während der Flugphase hatte ich leider keine Gelegenheit, mir irgendwelche Schauspieler aus der Nähe anzugucken.« Sie drehte sich um und fügte über die Schulter hinzu: »Vielleicht klappt's beim nächsten Mal. Ich sag dir Bescheid.«

»Aber Henning ist nicht irgendein Schauspieler«, protestierte Kiki. »Er ist berühmt! Er ist der Star der Serie!«

Rebecca trat vor sie und zischte: »Du und dein dämlicher Star! Bente hätte sich das Genick brechen können!« Demonstrativ wandte sie sich ab und ließ Kiki stehen.

»Aber, aber …«, stammelte Kiki. Sie hielt Torphys Führleine in der Hand und strich ihrem Pferd über den Hals. Dankbar rieb der Wallach seinen verschwitzten Kopf an Kikis ehemals weißem T-Shirt und hinterließ einen weiteren schönen, giftgrünen Grasfleck.

Ein Junge drängelte sich an Kiki und Torphy vorbei in Bentes Richtung.

»Mensch, Bente«, sagte er, als er vor ihr stand.

Bente grinste. »Hi, Sven. Keine Panik, ich bin okay.«

»Echt?«

»Ja, ganz echt.«

Sven machte ein besorgtes Gesicht. »Soll ich Flippi für dich nach Hause führen?«

»Nach Hause? Willst du nicht mit den anderen baden gehen?«, fragte Bente verdutzt.

»Herr von Hohensee hat mich gebeten, mich um dich und Flippi zu kümmern und euch zum Schloss zu bringen«, erklärte Sven. »Das Schwimmen fällt aus.«

Ein paar der Umstehenden fingen an zu murren, aber die meisten waren erleichtert. Ihnen war nach dem Schreck nicht mehr nach fröhlichem Planschen zumute. Die Ersten wendeten bereits ihre Pferde. In diesem Moment rief Herr von Hohensee laut: »Wir kehren um! Für heute reicht's. Das Schwimmen holen wir nach, versprochen. Bente muss auf die Krankenstation, ihr Handgelenk sollte desinfiziert und verbunden werden und sie braucht Ruhe.«

Bente wollte protestieren, aber ein kurzer Blick ihres Reitlehrers genügte. Sie nickte und murmelte: »Okay, einverstanden.« Wenn sie ehrlich war, war sie ziemlich froh über die Entscheidung. Ihr Handgelenk hatte angefangen, höllisch zu brennen. Es pochte unangenehm und wurde zusehends dicker. Auch ihre Knie fühlten sich reichlich wacklig an. Wahrscheinlich war es wirklich vernünftiger, umzukehren. Sie würde sich eine Tube Salbe von der Krankenschwester geben lassen, es sich in ihrem Zimmer gemütlich machen und Lissy anrufen. Was die wohl zu dem ganzen Theater sagen würde? Oh Mann … Sie reichte Sven Flippis Führleine.

»Soll ich dich stützen?«, fragte er besorgt.

Bente lachte. »Nein, danke. Das ist echt nicht nötig. Außerdem musst du ja auch noch Blacky führen, oder? Ich glaub, mit zwei Pferden hast du mehr als genug zu tun.«

»Okay, aber sag Bescheid, wenn dir schlecht wird oder so, ja?«, verlangte Sven.

Bente versprach, sich rechtzeitig bemerkbar zu machen, und stapfte schon los, als die Abteilung noch einmal aufgehalten wurde.

Bente, die gar nicht mehr an den merkwürdigen Mann aus dem Fluss oder das Filmteam vom Ufer gedacht hatte, drehte sich um und sah, dass der Mann und zwei Frauen sich mit Herrn von Hohensee unterhielten.

Der Reitlehrer schüttelte den Kopf und führte sein Pferd ein paar Schritte vorwärts.

»Wenden Sie sich an die Internatsleitung, Herr Lauenstein«, sagte er so laut, dass alle ihn hörten. »Über Dreharbeiten auf dem Schlossgelände habe ich nicht zu entscheiden. Das ist Sache von Frau Dr. Paulus. Auf Wiedersehen.«

Mit einem Lächeln reichte ihm eine der Frauen eine Visitenkarte. Ohne einen Blick darauf zu werfen, steckte Herr von Hohensee sie in seine Hemdentasche und gab seiner Abteilung das Kommando zur endgültigen Rückkehr zum Schloss.

Ein Raunen ging durch die Abteilung. Dreharbeiten auf dem Schlossgelände? Ein Filmteam im Internat?

»Wow!«, machte Bente. »Lissy platzt vor Aufregung, wenn ich ihr das erzähle!«

Kiki blieb ein Stück zurück und bemühte sich, mit Torphy an die Seite des Reitlehrers zu gelangen. Auf dem Nachhauseweg bestürmte sie ihn ununterbrochen mit Fragen nach dem Film, den Schauspielern und den Dreharbeiten.

»Viel kann ich dir nicht erzählen«, meinte Herr von Hohensee. »Der Mann, mit dem ich mich unterhalten habe, ist Filmregisseur. Er heißt Lutz Lauenstein.«

»Ja, ja, ich weiß.« Kiki nickte begeistert. »Er ist der Regisseur von der ›Klinik am Meer‹.«

»Stimmt«, sagte Herr von Hohensee. »Und die beiden Damen waren die Aufnahmeleiterin und eine Kameraassistentin, wenn ich es richtig mitbekommen habe. Ich versteh leider nicht viel von solchen Sachen.«

»Ach, macht doch nichts, Herr von Hohensee«, versicherte Kiki ihm schnell. »Aber was war das vorhin mit den Dreharbeiten? Hab ich richtig gehört? Wollen die tatsächlich auf Rosenberg drehen?«

Herr von Hohensee nickte. »Sieht so aus. Momentan haben sie noch einige Außenaufnahmen zu drehen. Aber Herr Lauenstein plant später auch ein paar Szenen mit unserem Schloss als Kulisse. Er wird alles Weitere mit Frau Dr. Paulus besprechen.« Jolly Jumper schnappte nach einem verdorrten Zweig. Herr von Hohensee zog ihm den trockenen Ast vorsichtig wieder aus dem Maul und schimpfte leise mit ihm.

»Hoffentlich waren Sie vorhin nicht so fies zu Herrn Lauenstein«, sagte Kiki mit leichtem Vorwurf. »Ich kann ja verstehen, dass Sie sauer waren wegen der Autos und dem blockierten Weg und allem, aber Filmleute sind sehr sensibel.« Sie warf Herrn von Hohensee einen Seitenblick zu.

Der Reitlehrer zog eine Augenbraue hoch.

»Wenn Sie zu hart mit ihm waren«, fuhr Kiki ungerührt

fort, »wird er sich die Sache mit dem Schloss womöglich noch mal überlegen. Das wär natürlich doof. Ich meine, stellen Sie sich das doch mal vor: Unser Reitinternat im Fernsehen! Zur besten Sendezeit! Was für eine Werbung!« Sie seufzte tief. »Und Sie haben vielleicht alles vermasselt, nur weil Sie sich so aufgeregt haben!«

»Na, jetzt übertreibst du aber«, entgegnete Herr von Hohensee streng. »Natürlich war ich ärgerlich. Immerhin wäre fast ein schlimmer Unfall geschehen. Ich konnte das mit Herrn Lauenstein klären, die Sache ist erledigt. Wenn du mir jetzt unterstellst, ich hätte mich nicht korrekt verhalten, dann ...«

»Nee, um Gottes willen! So hab ich das doch nicht gemeint!« Kiki zuckte schuldbewusst zusammen. Dass sie aber auch nie die Klappe halten konnte! »Wenn Sie die Angelegenheit als erledigt betrachten, ist ja alles gut! War natürlich auch superblöd von dem Team, die Autos ohne Genehmigung mitten auf den Weg zu stellen«, fügte sie schnell hinzu.

»Das kann man wohl sagen«, war die brummige Antwort.

Kiki atmete auf. Hinter einer Biegung des Weges war schon die schneeweiß gestrichene Fassade des Reitinternats zu sehen. Sie wischte sich den klebrigen Schweiß von der Stirn und fing an zu träumen. Tief in Gedanken versunken, sah sie sich die breite Treppe des Schlosses hinunterschreiten. Am Fuße der Treppe stand ein strahlender Henning Sandborg. Er breitete die Arme aus und –

»Ach, übrigens«, sagte Herr von Hohensee beiläufig, »Herr Lauenstein sucht für die Aufnahmen noch ein paar Statisten. Vielleicht wär das was für dich? Du scheinst dich ja sehr für Film und Fernsehen zu interessieren.«

»Wahnsinn!«, entfuhr es Kiki. Sie stolperte über eine Baumwurzel und wäre fast hingefallen. Zum Glück konnte sie sich an Torphys Schulter abstützen. »Das ist echt cool! Danke, dass Sie's mir gesagt haben!«

»Gern geschehen«, antwortete der Reitlehrer, aber Kiki hörte ihm schon gar nicht mehr zu.

Das Internat kommt ins Fernsehen, dachte sie verträumt. Und ich bin dabei!

»Kannst du wirklich mit der linken Hand essen oder soll ich dir helfen?« Sven hatte seinen Stuhl dicht neben den von Bente geschoben und ließ sie keine Sekunde aus den Augen.

»Danke, ich komm zurecht«, sagte Bente. »Oder möchtest du mich vielleicht füttern?«

Karlchen kicherte in ihr Haferflockenschälchen. Rebecca grinste.

Bentes Handgelenk war verbunden. Die Schulschwester hatte die Wunde gereinigt und einen Salbenverband angelegt. Außerdem hatte sie ihr geraten, die Hand möglichst hoch zu halten, um die Schwellung und den Schmerz abklingen zu lassen.

Bente kam es etwas albern vor, mit halb erhobenem Arm am Abendbrottisch zu sitzen. Aber wenn's half … Die ganze Sache wäre gar nicht so schlimm gewesen, wenn Sven nicht seinen Stammplatz verlassen und sich neben sie gesetzt hätte. Er beobachtete jeden einzelnen Bissen und quittierte jeden herabfallenden Krümel mit einem mitleidigen Stöhnen. Es war wirklich peinlich. Bente wäre am liebsten aufgestanden und in ihr Zimmer gegangen. Aber sie hatte solchen Hunger!

»Soll ich dir noch ein Brot machen?«, fragte Sven. »Oder einen Teller Suppe holen?«

»Etwas Salat wäre nett«, sagte Bente. »Aber nur Blattsalat, keine Tomaten.« Sie seufzte auf, als Sven aufsprang und zum Büfett eilte.

Karlchen und Rebecca konnten nicht länger an sich halten und prusteten laut los.

»Haha«, knurrte Bente. »Wirklich witzig, vielen Dank.«

»Wer den Schaden hat, hat das Vergnügen«, kicherte Karlchen und wischte eine Lachträne aus dem Augenwinkel.

»Es heißt zwar etwas anders«, gluckste Rebecca, »aber das macht nichts. Liebe kann schön sein, aber zu viel davon ...« Ein erneuter Lachanfall hinderte sie daran weiterzusprechen.

Bente machte ein komisch-verzweifeltes Gesicht. »Pst, hört auf!«, zischte sie ihren Freundinnen zu. »Er kommt zurück!«

Lächelnd nahm sie Sven den Salatteller ab und bedankte sich. Als er fragte: »Was möchtest du trinken? Soll ich dir was bringen?«, brachte sie ihn mit einem Aufblitzen ihrer blauen Augen zum Schweigen und wechselte schnell das Thema.

»Wo steckt Kiki?«, fragte sie. »Hat sie sich irgendwo verkrochen, um in Ruhe von ihrem süßen Henning zu träumen?«

Rebecca zuckte mit den Achseln. »Keine Ahnung. Sie hat nur kurz geduscht und sich umgezogen. Ich glaub, sie wollte in den Musikraum.« Sie schnappte sich ein knackiges Radieschen von Bentes Teller und zerbiss es krachend. »Vielleicht will sie ein Geigenstück für diesen Film-Fuzzi komponieren, wer weiß?«

»Ich glaub eher, sie übt schon mal, Make-up aufzutragen«, vermutete Karlchen, während sie geräuschvoll ihre Haferflockenschale auskratzte. »Beim Film sind doch alle Tussis geschminkt. Da möchte unsere Kiki diesem Sandmann ganz sicher nicht blass und ohne rote Bäckchen unter die Augen treten, falls sie ihm mal unverhofft über den Weg laufen sollte.«

»Borg, nicht Mann. Der Auserwählte heißt Sandborg«, korrigierte Rebecca sie. »Ist ja auch egal, jedenfalls geht mir Kiki mit ihrem Film-Fimmel mächtig auf den Keks. Ich fand ihr Verhalten vorhin am Fluss unmöglich, ihr etwa nicht?«

Karlchen und Bente stimmten ihr zu.

Als Daniel sein Tablett auf den Tisch stellte und sich hinsetzte, sahen sie auf. Er gab Rebecca einen Kuss und stöhnte: »Sagt nicht, dass ihr auch im Filmfieber seid. Die halbe Schule spricht von nichts anderem mehr. Total ätzend!«

»Nee, wir nicht«, beruhigte Bente ihn. »Nur unsere liebe Kiki.«

Daniel, der gerade eine Brötchenhälfte mit Butter bestreichen wollte, hielt mitten in der Bewegung inne. »Kiki?«

Bente nickte.

»Oha«, murmelte Daniel. »Lasst das nur nicht Patrick wissen. Ich glaub, der ist mega-eifersüchtig.«

»Na, das kann ja heiter werden.« Karlchen leckte zum Abschluss ihrer Mahlzeit die Schale aus. »Andererseits sagt meine Oma immer: Nichts wird so heiß gegessen, wie es gekocht wird.«

»Was soll das heißen?«, fragte Bente.

»Dass wir vielleicht erst mal abwarten sollten«, erklärte Karlchen. »Vielleicht wird's gar nicht so schlimm mit Kiki und ihrem Filmstar.«

Leider sollte Karlchen mit ihrem Optimismus nicht recht behalten. Es wurde sogar noch schlimmer, als es sich die Freundinnen in ihren ärgsten Fantasien ausmalen konnten.

Als Rebecca nach dem Abendessen in das gemeinsame Zimmer zurückkehrte, das sie mit Kiki teilte, hatte die komplett umdekoriert. Wo vorher Pferdeposter und Landschaftsaufnahmen hingen, prangten jetzt überall Filmfotos und Zeitungsausschnitte von Henning Sandborg.

Entsetzt wich Rebecca zurück, als der Schauspieler sie fast lebensgroß von der Badezimmertür angrinste.

»Das geht zu weit!«, fauchte sie. »Das ist zu viel!«

Ohne den Blick von Herrn Sandborg zu nehmen, schrie sie: »Kiki! Bist du da? Ich muss dringend mit dir sprechen!«

Kiki, die auf dem Balkon gesessen und gelesen hatte, trat ins Zimmer, stellte sich hinter Rebecca und guckte ihr über die Schulter.

»Ist er nicht süß?«, fragte sie unbekümmert. »Ich hab ein bisschen umgestylt. Hoffentlich gefällt's dir.«

Rebecca schnaubte leise und zählte bis zehn. »Nein!«, sagte sie schließlich.

»Was?«

»Nein«, wiederholte Rebecca. »Es gefällt mir nicht. Stell dir vor, es gefällt mir ganz und gar nicht.« Sie machte eine weit ausholende Geste. »Unser Zimmer gehört zur Hälfte mir. Ich glaub nicht, dass ich es aushalte, aus jeder Ecke von diesem … diesem Heini angeglubscht zu werden!«

Kiki wollte etwas erwidern, aber Rebecca redete einfach weiter: »Zuerst fand ich deine Schwärmerei ja ganz niedlich. Wir wollten dir immerhin behilflich sein und das Fernsehteam ausfindig machen, damit du den Sandborg mal aus der Nähe sehen kannst. Aber das hier?« Sie pochte dem Porträt des Schauspielers auf die Nase. »Das geht zu weit! Ich will, dass du unser Zimmer unverzüglich in seinen ursprünglichen Zustand zurückversetzt. Und zwar genau so, wie es war, als ich es vorhin verlassen habe, klar? Von mir aus stell dir ein Foto von dem Kerl auf deinen Nachttisch«, sagte sie noch. »Aber dreh es bitte so rum, dass ich es nicht sehen muss!«

Kiki schnappte nach Luft und starrte Rebecca entgeistert an. Die wandte sich um und tat so, als würde sie nach ihren Schnecken sehen.

»Du hast hier überhaupt nichts zu verlangen«, fauchte Kiki. »Wie du richtig bemerkt hast, gehört dir nur die eine Hälfte des Zimmers! Und weißt du was?« Sie baute sich hinter Rebecca auf und tippte ihr mit dem Zeigefinger zwischen die Schulterblätter. »Mit *meiner* Hälfte kann ich machen, was ich will! Die Bilder bleiben hängen, basta! Deine dämlichen Sonnenauf- und -untergänge gehen mir schon lange auf den Keks, nur dass du's weißt. Und diese … diese schleimigen Viecher hier«, sie deutete auf die Schnecken, »nerven mich auch!« Mit einer schwungvollen Bewegung warf sie ihre langen Haare nach hinten und funkelte Rebecca zornig an.

»Ach ja?«, zischte Rebecca zurück. »Dann merk dir das hier!« Sie ging zur Badezimmertür und riss das Bild von Henning Sandborg mit einem Ratsch ab. »Diese Tür gehört dir nicht!«

Kiki fuhr herum. Sie nahm Rebecca das Bild aus der Hand und klebte es energisch wieder an das Türblatt. »Diese Hälfte schon, blöde Kuh!«

Den Rest des Abends verbrachten die ehemals besten Freundinnen in eisigem Schweigen. Jede setzte sich an ihren Schreibtisch und versuchte, die liegen gebliebenen Hausaufgaben zu erledigen. Hin und wieder seufzte die eine, wobei die andere es geflissentlich überhörte. Obwohl Balkontür und Fenster weit offen standen, war die Luft in dem kleinen Raum stickig und unerträglich warm.

Als Rebecca ins Bad ging, um sich die Zähne zu putzen, stellte sie fest, dass sogar hinter dem Badezimmerspiegel ein Foto von Sandborg klemmte. Mit spitzen Fingern nahm sie es ab und stopfte es demonstrativ in Kikis Zahnputzbecher.

»So nicht, liebe Kiki«, sagte sie leise. »Nicht mit mir.«

Ohne sich Gute Nacht zu wünschen, kletterte jede auf ihrer Seite des Zimmers ins Bett. Rebecca drehte sich zur Wand und schloss die Augen. Obwohl sie schwitzte, zog sie sich die Decke über den Kopf.

6

Auch am nächsten Morgen fand zwischen Kiki und Rebecca keine Form der Kommunikation statt. Bente und Karlchen bemerkten es zwar, aber sie beschlossen, sich lieber nicht einzumischen. Jeder im Internat hatte mal Zoff; Kiki und Rebecca bildeten da keine Ausnahme. Man ging sich ein Weilchen aus dem Weg, redete bei Gelegenheit in Ruhe über die Sache und vertrug sich wieder. So einfach war das.

Das heißt, ganz so einfach war es in Kikis und Rebeccas Fall natürlich nicht: Die beiden teilten sich ein Zimmer, saßen im Unterricht und im Speisesaal nebeneinander, hatten gemeinsame Freundinnen und Freunde und ritten zusammen in einer Abteilung – es war fast unmöglich, dass sie sich aus dem Weg gingen. Trotzdem ignorierten sie sich, so gut es ging. In der Klasse rückten sie, so weit es der Tisch zuließ, voneinander weg. Es sah ziemlich blöd aus, wie die eine an der linken Tischecke klebte, die andere an der rechten. Ständig fiel Kikis Federmäppchen runter, weil es ganz am Rand des Tisches liegen musste. Wenn sie nicht so sauer gewesen wäre, hätte Rebecca darüber gelacht.

Bente schüttelte den Kopf und machte ein sorgenvolles Gesicht.

»Meine Oma sagt immer: ›Pack schlägt sich, Pack verträgt sich‹«, nuschelte Karlchen. Sie warf Kiki und Rebecca einen amüsierten Blick zu und biss von einem Müsliriegel ab, den sie unter ihrem Tisch deponiert hatte. »Das gibt sich schon wieder, keine Bange. Mein Snude und ich zanken uns auch manchmal wegen Kleinigkeiten. Dann sprechen wir tagelang nicht miteinander, aber …«

Leider erfuhr niemand, wie Karlchen die Unstimmigkeiten zwischen sich und ihrem Pony aus der Welt zu schaffen pflegte. Frau Dr. Paulus hatte den Raum betreten. Die Gespräche verstummten, Karlchen legte den Rest des Riegels zurück und würgte den letzten Bissen herunter.

»Guten Morgen!« Obwohl es noch sehr früh und schon sehr warm war, sah die Direktorin frisch und munter aus. Sie trug ein luftiges Sommerkleid und hatte die grauen Haare locker hochgesteckt. Ihre Augen blitzten hinter einer schicken, randlosen Brille.

»Guten Morgen, Frau Dr. Paulus!«, erwiderte die 9b nicht ganz so schwungvoll.

Frau Dr. Paulus legte ihre Tasche auf das Pult und trat ans Fenster, das weit geöffnet war. Neunzehn Augenpaare folgten ihr.

»Wir ihr inzwischen alle erfahren haben dürftet«, sagte sie schließlich und wandte sich der Klasse zu, »ist zurzeit ein Fernsehteam in der Umgebung des Internats unterwegs, um Episoden für eine bekannte Vorabendserie zu drehen.« Kiki seufzte vernehmlich auf. Frau Dr. Paulus warf ihr einen fragenden Blick zu, bevor sie fortfuhr: »Einige von euch hatten sogar schon Kontakt zu den Filmleuten«, sie schenkte Bente, die verlegen an ihrer bandagierten Hand zupfte, ein kleines Lächeln, »was der Regisseur, Herr Lutz Lauenstein, zum Anlass genommen hat, mich anzurufen und um einen Termin zu bitten.«

Ein Raunen ging durch die Klasse.

»Hier wird ein Film gedreht?« Marie-Claire warf ihre blonde Haarpracht über die Schultern und klimperte mit den Wimpern. »Das muss ich sofort meinen Eltern erzählen! Die werden begeistert sein, dass hier endlich mal so was wie internationales Flair einzieht.«

Frau Dr. Paulus runzelte die Stirn und wollte etwas erwidern, als Kiki sich meldete.

»Ich hab gehört, Herr Lauenstein sucht noch Statisten«, sagte sie. »Ich würde mich gerne bewerben. Können Sie mir sagen, wie das geht und wo ich mich melden muss?«

Rebecca stöhnte laut auf und verbarg das Gesicht in den Händen. Kiki gab ihr unter dem Tisch einen Tritt, der wegen des großen Abstandes zwischen den beiden nicht sehr kräftig ausfiel. Trotzdem reagierte Rebecca umgehend.

»Aua! Spinnst du?«, entfuhr es ihr. »Blöde Ziege!« Sie funkelte Kiki giftig an.

»Rebecca!«, sagte Frau Dr. Paulus streng. »Also bitte!«

»'tschuldigung«, murmelte Rebecca.

Kiki streckte ihr die Zunge raus und meldete sich noch einmal. »Wissen Sie zufällig, wer die Statisten auswählt? Machen das die Schauspieler?«, fragte sie, was Rebecca ein neuerliches Stöhnen abrang.

»Ich habe keine Ahnung«, antwortete die Direktorin. »Herr Lauenstein kommt heute Nachmittag in mein Büro, um die Termine abzustimmen. Ich habe mir die Entscheidung, im Schloss Filmarbeiten zuzulassen, nicht leicht gemacht. Das bringt schließlich ziemlich viel Unruhe mit sich.« Sie lehnte sich gegen die Kante des Lehrerpults und verschränkte die Arme vor der Brust. »Aber nach einem Gespräch mit dem Vorstand und dem Kollegium habe ich mich entschlossen, der Fernsehproduktionsgesellschaft Teile des Internats und der Außenanlagen zur Verfügung zu stellen. Immerhin ist es eine nette Werbung für uns, wenn unsere Schule ins Fernsehen kommt. Die Gelegenheit, Dreharbeiten mitzuerleben, bekommen wir so schnell nicht wieder. Es wird für uns alle eine spannende Erfahrung sein.«

»Oh ja, ganz sicher«, murmelte Kiki halblaut. Sie schlug sich die Hand vor den Mund, aber Frau Dr. Paulus schien nichts gehört zu haben. Sie fuhr fort: »Da der Unterricht und unser gesamter Tagesablauf durch die Hitzewelle ohnehin eingeschränkt sind, werden wir durch die Anwesenheit der Filmleute kaum mehr beeinträchtigt werden, als es sowieso schon der Fall ist. Trotzdem bitte ich euch um Ruhe und Disziplin während der Dreharbeiten. Ich werde Herrn Lauenstein ein bis zwei Tage Zeit geben. Das wird genügen, um unsere Schule und die schöne Umgebung ins rechte Licht zu rücken.« Sie nickte zufrieden und zog ein Buch aus ihrer Tasche. »Und nun schlagt bitte eure Bücher auf. Wo waren wir gestern stehen geblieben?«

Kiki schnipste mit den Fingern.

Frau Dr. Paulus sah von ihrem Buch auf. »Ja, bitte?«

»Ähm, wegen der Statistenrollen ...«

»Kiki, wir haben Unterricht. Ich sag dir Bescheid, sobald

ich Näheres weiß. Jetzt steck bitte deine Nase ins Buch und lies die erste Aufgabe vor.«

Karlchen flüsterte: »Was sind eigentlich Statisten?«

»Das sind die Leute, die in Filmen im Hintergrund stehen oder durchs Bild laufen und wichtige Gesichter machen, als hätten sie was Dringendes zu erledigen«, wisperte Bente zurück. »Sie haben nur stumme Rollen. Sprechen dürfen Statisten nicht.«

»Aha«, brummte Karlchen. »Dann dienen sie also nur zur Dekoration?«

»Genau«, nickte Bente.

»Na super«, meinte Karlchen. »Das ist ja genau das Richtige für unsere Kiki – wo sie doch so gerne im Vordergrund steht!«

»Karolin und Bente, würdet ihr so freundlich sein und eure private Konversation auf die Pause verschieben?« Frau Dr. Paulus war unbemerkt von den Mädchen vor ihren Tisch getreten.

Bente wurde puterrot.

»Klar«, sagte Karlchen schnell. Als die Direktorin sich umdrehte, flüsterte sie: »Du, Bente, was ist eine ›private Konversation‹?«

Am Nachmittag schlenderte Kiki über den Schlossplatz hinüber zu den Pferdeställen. Rebecca, Bente und Karlchen machten mit Miss Wedgewood eine Radtour an den Strand. Kiki verspürte keine Lust, am Strand zu faulenzen oder in den Nordseewellen herumzutoben. Jetzt, da sie wusste, dass das Fernsehteam wirklich in der Nähe war und jeden Moment hier aufkreuzen konnte, wollte sie unbedingt in der Nähe des Internats bleiben. Undenkbar, dass Henning Sandborg das Schloss betrat, ohne dass sie es mitbekam! Sie wollte die Erste sein, die ihn begrüßte. Obwohl … die Pauli hatte am Morgen nur von Herrn Lauenstein gesprochen. Bestimmt wollte der Regisseur sich erst mal alleine umsehen. Henning hatte als Hauptdarsteller der Serie natürlich unheimlich viel zu tun und für so was keine Zeit, überlegte Kiki. Sie setzte sich im Schatten eines Baums auf eine Mauer und fuhr sich durchs Haar. Von hier hatte sie die Auffahrt genau im Blick. Die Filmcrew fuhr diese großen, weißen Kombis, wie sie inzwischen wusste. Sobald eines dieser auffälligen Fahrzeuge sich dem Schloss näherte, würde sie aufspringen und –

»Hey, Kiki!«, riss eine laute Stimme sie aus ihren Träumen. »Was machst du denn hier?«

Patrick trat aus einem der Stallgebäude. Er hielt einen großen Besen in der Hand. Sein Gesicht und der Oberkörper waren von einer dunklen Staubschicht bedeckt. Anscheinend hatte er gerade die Stallgasse gefegt.

Kiki zwang sich zu einem Lächeln.

»Hi, Patrick! Mir war irgendwie langweilig. Da hab ich mir ein schattiges Plätzchen gesucht.« Sie stand auf und ging ihm entgegen, wobei sie gleichzeitig versuchte, die Einfahrt im Auge zu behalten.

Patrick stellte den Besen ab und wollte sie in die Arme nehmen, aber Kiki wich ihm geschickt aus und gab ihm mit spitzen Lippen ein Küsschen auf den Mund. Auf keinen Fall wollte sie mit dieser Schweiß- und Schmutzschicht in Berührung kommen, die ihren Freund zierte.

Patrick lachte. »Ich seh wohl ziemlich schrecklich aus, was? Aber unter der Dusche geht das wieder ab, versprochen. Warum bist du nicht mit den anderen ans Meer gefahren?«

»Viel zu heiß«, antwortete Kiki knapp.

Patrick überlegte. »Vielleicht können wir beide heute Abend schwimmen gehen, wenn die schlimmste Hitze vorbei ist«, schlug er schließlich vor. »Ich muss noch die Futterkammer sauber machen. Das dauert ein oder zwei Stunden. Danach hätte ich nichts gegen eine kleine Erfrischung. Was meinst du? Nur du und ich. Ich frag Merle, ob sie mir ihren Motorroller leiht.«

»Ja, vielleicht, mal sehen«, erwiderte Kiki vage. »Ich muss allerdings noch Hausaufgaben machen. Ist Torphy im Stall oder auf der Koppel?«, wechselte sie das Thema.

Patrick wies mit dem Kinn in Richtung Koppel. »Er steht mit den anderen im Schatten und lässt die Ohren hängen. Wird Zeit, dass die Dürre zu Ende geht. Langsam finden die Pferde kein Gras mehr.«

»So schlimm ist es?«, fragte Kiki erschrocken.

Patrick nickte. Das Motorengeräusch eines näher kommenden Fahrzeugs ließ beide herumfahren. Ein weißer Kombi rumpelte über die Kopfsteinpflasterauffahrt, beschrieb einen eleganten Bogen und kam vor dem Schlossportal zum Stehen.

Kiki hielt den Atem an. Eine auffällige Aufschrift prangte an der Seite des Wagens: »Novaworld TV- and Video-Productions«. Sie fühlte, dass ihr Herz schneller schlug. In dem Kombi saßen mehrere Personen, aber er stand zu weit von ihr entfernt, als dass sie etwas erkennen konnte.

»Hey, das sind diese Filmleute!« Patrick schirmte seine Augen mit der Hand gegen die Sonne ab. »Cool, dass die hier drehen wollen, nicht?«

»Und wie«, erwiderte Kiki hastig. »Wir sehen uns später, okay? Beeil dich mit der Stallarbeit, damit es vielleicht noch klappt mit dem Schwimmen. Ich muss jetzt meine Hausaufgaben machen.« Sie hauchte Patrick einen flüchtigen Kuss auf die Wange und ließ ihn einfach stehen.

Auf kürzestem Weg lief Kiki zum Schloss zurück. Als sie bemerkte, dass an dem Kombi die Türen geöffnet wurden, blieb sie stehen und tat so, als hätte sich an ihren Sandalen eine Schnalle gelöst. Sie bückte sich und nestelte an einem Riemchen herum, wobei sie das Filmfahrzeug durch den Vorhang ihrer langen Haare ständig im Auge behielt. Vier Personen stiegen aus, zwei Frauen und zwei Männer. Kiki sah sofort, dass Henning Sandborg nicht dabei war.

»Shit!«, fluchte sie leise. Sie richtete sich auf und strich sich die Haare aus dem Gesicht, dann schlenderte sie betont lässig auf die Fernsehleute zu. Auch wenn Henning nicht mitgekommen war, durfte sie sich die Chance, auf der Karriereleiter einen ersten Schritt als Statistin zu machen, nicht entgehen lassen. Dass nicht die Schauspieler, sondern ganz andere Mitglieder des Teams die Statistenrollen vergaben, wusste Kiki inzwischen aus dem Internet. Sie zauberte ein strahlendes Lächeln in ihr Gesicht und fragte: »Kann ich Ihnen helfen? Suchen Sie jemanden?«

Die Fernsehleute drehten sich um und musterten sie neugierig. Kiki erkannte den Regisseur, Lutz Lauenstein, und die beiden Frauen wieder, die sich mit Herrn von Hohensee am

Fluss unterhalten hatten. Eine von ihnen streckte die Hand aus und kam ihr entgegen.

»Wohnst du hier?«, fragte sie.

Kiki nickte. »So kann man's nennen. Ich bin Schülerin des Reitinternats. Kiki van der Slooten, angenehm.« Wow, das hatte sich ziemlich professionell angehört, fand Kiki.

»Freut mich. Mein Name ist Carmen Seide. Ich bin die Aufnahmeleiterin der Novaworld. Und das hier«, sie wandte sich um und stellte ihre Begleiter vor, »sind unser Regisseur Lutz Lauenstein, seine Assistentin Steffi Karmann und unser Kameramann Kurt Wegner, genannt Kuddel.«

Kiki verspürte einen leisen Anflug von Unsicherheit. Was machte sie hier überhaupt? Bildete sie sich tatsächlich ein, diese Profis beeindrucken zu können? Sie zwang sich zu einem Grinsen. »Cool! Und Sie wollen hier echt einen Film drehen?«

Die Aufnahmeleiterin nickte.

Herr Lauenstein warf einen Blick auf seine Uhr. Eine dunkle Brille verdeckte seine Augen. »Ich muss los«, brummte er. »In zwei Minuten bin ich mit dieser Frau … äh, Frau …«

»Frau Dr. Paulus«, kam ihm seine Assistentin zu Hilfe.

»Ja, genau. Mit der Frau Dr. Paulus, der Chefin des Ganzen, nicht wahr? Ja, mit der bin ich verabredet.« Über den Rand seiner getönten Brillengläser warf er Kiki einen kurzen Blick zu. »Wenn du Zeit und Lust hast, kannst du Carmen und Kuddel schon mal die Location und das Setting zeigen, während Steffi und ich mit deiner Chefin alles besprechen.«

Kiki nickte stumm. Sie fand es etwas schräg, die Direktorin des Internats als »Chefin« zu bezeichnen, aber wahrscheinlich war das der normale Umgangston unter Fernsehleuten. Aber, was zum Kuckuck, waren eine »Location« und ein »Setting«?

Während der Regisseur und seine Assistentin im Schloss verschwanden und der Kameramann den Schlosshof durch eine Art Fernglas betrachtete und sich Notizen machte, legte Carmen Seide einen Arm um Kikis Schulter.

»Als Location bezeichnen wir den Drehort«, erklärte sie, als hätte sie Kikis Gedanken gelesen, »und die Umgebung heißt Setting. Lass dich von unserem Fach-Chinesisch nur nicht verunsichern. Magst du uns das Internatsgelände zeigen?«

»Klar«, erwiderte Kiki. »Was wollen Sie denn sehen?«

»Eigentlich alles«, gab die junge Frau lachend zurück.

Kiki zeigte der Aufnahmeleiterin alles, was ihr am Schloss Rosenberg interessant und sehenswert erschien. Kameramann Kuddel stapfte schweigend nebenher, linste hin und wieder durch sein Spezialglas, das, wie er kurz bemerkte, ein Winkelmesser für Kameraeinstellungen war, und schrieb dabei fast unentwegt in ein zerfleddertes Notizbuch. Frau Seide bat Kiki beiläufig, sie einfach Carmen zu nennen. »Beim Fernsehen duzen sich alle.«

Wow! Kiki straffte die Schultern. Sie durfte die Mitglieder der Filmcrew duzen! Bedeutete das etwa, dass sie schon dazugehörte?

Als sie die Stallungen passierten und zu den weitläufigen Pferdeweiden kamen, fragte Carmen: »Reitest du?« Sie blieb am Zaun stehen, legte die Arme auf die oberste Latte und stützte das Kinn darauf. Kuddel fixierte die dösenden Pferde mit seinem Winkelmesser und murmelte etwas Unverständliches.

»Ja, ich hab sogar ein eigenes Pferd«, erwiderte Kiki. »Der dunkelbraune Wallach dahinten.« Sie zeigte in Torphys Richtung. Er stand mit hängendem Kopf im Halbschatten, gähnte ausgiebig und schubberte seine staubige Kruppe an einem Zaunpfahl.

Carmen und Kuddel wechselten ein paar Worte in ihrem »Fach-Chinesisch«. Beide schienen zufrieden mit dem, was sie sahen.

»Wir nehmen die Pferde als Hintergrund für die dritte Szene«, sagte Carmen. »Das wird ganz wunderbar. Ich sehe es direkt schon vor mir.«

Kuddel nickte. Kiki hörte gespannt zu.

»Henning kommt in seinem Cabrio die Allee entlang, sieht die Pferde, hält an. Er zögert kurz, biegt ab und hält auf das Schlossportal zu. Schnitt. Er steigt aus, geht über den Hof und nimmt genau hier«, Carmen schlug mit der flachen Hand auf die Zaunlatte, »sein Handy aus der Tasche. Er ruft in der Klinik an und fragt nach seiner Patientin, der Gräfin. Er wird blass und – Schnitt!« Sie klatschte in die Hände. Kiki zuckte zusammen.

Kuddel machte sich schnell ein paar Notizen. »Ich markiere schon mal die Kamerapositionen«, sagte er. Es war der erste vollständige Satz, den Kiki von ihm hörte.

Der Kameramann zog eine Sprühdose aus den Tiefen seiner weiten Cargo-Hose und machte sich daran, an verschiedenen Stellen pinkfarbene Kreuze und andere Zeichen aufzusprühen. Er schien ein leidenschaftlicher Sprayer zu sein.

Wenig später prangten fast überall – auf dem alten Steinpflaster des Hofes, am Scheunentor, an den Stalltüren, Treppen und Weidezäunen – die auffälligen Markierungen.

»Hoffentlich geht das wieder ab«, murmelte Kiki. Die Begeisterung der »Chefin« und des Stallmeisters würde sich in Grenzen halten. Weder Frau Dr. Paulus noch Maximilian Much standen besonders auf derartige Schmierereien.

»Wie bitte?«, fragte Carmen freundlich.

»Ach, nichts.« Kiki schüttelte den Kopf. Hinter dem Hengststall tauchte Patricks Kopf auf. Er spähte in ihre Richtung und winkte grinsend. Kiki versuchte, das Winken ihres Freundes zu ignorieren. »Kennst du den Henning Sandborg eigentlich sehr gut?«, fragte sie. Es kam ihr ein bisschen komisch vor, die fremde Frau zu duzen. Aber sie würde sich schon daran gewöhnen; schließlich gehörte sie ja schon fast zum Team!

»Henning? Ja, sicher.« Carmen zündete sich eine dünne Zigarette an und blies Kiki den Rauch ins Gesicht. »Die Serie läuft immerhin schon knapp drei Jahre. Die meisten von uns sind von Anfang an dabei.«

Kiki hustete und wandte sich leicht ab.

»Wir sind wie eine große Familie!«, rief Carmen fröhlich.

»Cool«, meinte Kiki. »Und wann kommt Herr Sandborg mal persönlich her? Ich meine, muss er sich nicht auch alles angucken, bevor richtig gedreht wird?«

Die Aufnahmeleiterin trat ihre Zigarette im Staub aus und ließ die Kippe liegen. Kiki fand das nicht besonders toll. Sie nahm sich vor, das Teil später aufzusammeln und zu entsorgen. Mit einem Stirnrunzeln quittierte sie, dass auch Kuddel eine halb gerauchte Zigarette achtlos hinter sich schnippte, und schüttelte den Kopf. So eine Rücksichtslosigkeit! Nun waren es schon zwei Exemplare, für die sie Müllabfuhr spielen musste. Dabei standen doch überall Abfalleimer. Blödes Gerauche!

»Henning hat heute drehfrei«, unterbrach Carmen ihre Gedankengänge. »Er fährt ein bisschen spazieren und baut Stress ab. Er ist ein Profi. Wenn gedreht wird, ist er da und spielt, egal wo. Mit der Auswahl der Drehorte hat er nichts zu tun; das ist unser Job.« Sie drehte sich um und rief: »Kuddel, hast du alles?«

»Ja!«, rief Kuddel zurück. »Bin so weit!«

»Ich hab noch eine Frage«, sagte Kiki hastig. Carmen und Kuddel bewegten sich schon auf den Kombi zu; sie schienen mit ihrer Arbeit fertig zu sein.

»Ja?«

»Brauchst du vielleicht noch, ähm, ein paar Statisten? Ich würde mich gerne bewerben.«

Carmen zog eine Augenbraue hoch. »Hm, gut möglich«, meinte sie. »Für eine oder zwei Szenen vielleicht schon. Ich muss das mit Lutz besprechen.«

Wie auf ein Stichwort trat in diesem Augenblick der Regisseur in Begleitung seiner Assistentin aus dem Schloss. Die dunkle Brille baumelte an einem schmalen Lederband vor seiner Brust.

»Alles perfekt«, sagte er zufrieden. »Wir kriegen die Location für den Dreh. Übermorgen geht's los. Seid ihr so weit?« Er öffnete schon die Beifahrertür, als sein Blick auf Kiki fiel. »Du, Mädchen, komm doch mal her.«

»Meinen Sie mich?« Kiki runzelte die Stirn. Der Kommandoton des Regisseurs gefiel ihr nicht. Vielleicht war das der normale Umgangston für ihn, aber trotzdem – Kiki fand Herrn Lauenstein mit einem Mal gar nicht mehr so sympathisch.

»Kennst du das Mädel mit dem braunen Pferd, das so gerne schwimmt?« Herr Lauenstein setzte schon einen Fuß ins Auto. »Sag ihr, sie soll sich bei mir melden. Ich will eine oder zwei Szenen mit ihr drehen.«

Kiki blieb fast die Spucke weg – nicht nur wegen des rüden Tons, sondern auch wegen der Frage.

»Meinen Sie etwa Bente?«, würgte sie mühsam hervor.

»Woher soll ich wissen, wie das kleine Naturtalent heißt?«, kam es mürrisch zurück. »Gibt es hier denn mehrere braunhaarige Mädchen, die mit ihren Pferden durchs Unterholz brechen, um dann mit einem einzigen Satz in der Mitte eines Flusses zu landen? Gehört das hier bei euch zum Unterricht?« Er schnaufte und kletterte vollends in den Kombi. »Sag ihr bitte, dass ich sie übermorgen am Set erwarte.« Ohne ein weiteres Wort schlug er die Autotür zu.

Kiki war sprachlos. Sie konnte gerade noch »Tschüs!« rufen, da rollte der Wagen schon vom Hof und ließ sie in einer Staubwolke zurück.

»So ein Blödmann!«, schimpfte sie. Sie lief über den Hof, sammelte die Zigarettenstummel ein und warf sie wütend in einen Abfalleimer. Dann kletterte sie über den Weidezaun und ging zu Torphy. Sie verspürte das dringende Bedürfnis, die Arme um ihr Pferd zu legen, an seinem warmen Fell zu schnuppern und ihm alles zu erzählen.

Für ein Warmblutpferd war Torphy zwar sehr verständnisvoll und er hörte auch sehr aufmerksam zu, als Kiki ihm das Fell kraulte, über Herrn Lauenstein schimpfte und ihm ihr Herz ausschüttete. Dennoch beschloss Kiki, am Abend mit Rebecca, Bente und Karlchen über den Nachmittag zu sprechen. Trotz des Streits und der Tatsache, dass sie und Rebecca eigentlich nicht mehr miteinander sprachen, war es vielleicht besser, sich mit zweibeinigen Wesen auszutauschen. Sie gab Torphy einen Kuss auf die Nase und verabschiedete sich von ihm. Auf dem Rückweg ging sie bei Patrick vorbei, um ihm zu sagen, dass sie abends keine Zeit für ihn haben würde. Er verzog ärgerlich das Gesicht.

»Was soll das heißen, du hast was Dringendes mit deinen Freundinnen zu bequatschen?«, fragte er. »Ich hab mich extra mit der Stallarbeit beeilt und jetzt lässt du mich hängen?«

»Meine Güte, sei nicht gleich so ätzend!«, schimpfte Kiki zurück. »Ich hatte einen anstrengenden Nachmittag mit Carmen und Kuddel und …«

»Carmen und Kuddel?«

»Die Aufnahmeleiterin und der Kameramann von der Novaworld«, erklärte Kiki lässig. »Ich hab ihnen alles gezeigt, die Location und das Setting, du weißt schon.«

»Hä?«, machte Patrick. »Tut mir leid, davon versteh ich nichts.« Er machte eine Pause und funkelte Kiki mit seinen nussbraunen Augen an. »Ich weiß nur, dass du, seit diese Filmtypen in der Nähe sind, ziemlich rumzickst. Mir ist ja klar, dass du auf diese schleimige Blondlocke stehst, aber …«

»Schleimige Blondlocke?! Sprichst du etwa von –«

»Von diesem Schauspieler, diesem … Sandburg, oder wie

der heißt, genau«, knurrte Patrick. »Ich hab schon gehört, dass du dein Zimmer mit Bildern von dem zugepflastert hast.«

»Erstens heißt er Sandborg, zweitens ist er nicht schleimig und drittens: Woher weißt du das mit den Bildern?«

Patrick winkte ab. »In einem Internat spricht sich so was schnell rum, das solltest du eigentlich wissen.«

»Na, wenn das so ist«, fauchte Kiki, »kann ich ja gehen. Ciao. Man sieht sich.« Sie wandte sich um, blieb aber noch einmal stehen. »In den nächsten Tagen werde ich übrigens keine Zeit für dich haben. Übermorgen fangen die Dreharbeiten an.«

»Mach, was du willst«, schnaubte Patrick. »Mir doch egal!« Er trat gegen einen Besen und verschwand im Stall.

Wutschnaubend stapfte Kiki über den Hof und nahm die paar Stufen der Schlosstreppe mit einem Satz. In der Halle und auf den langen Fluren war es ruhig. Niemand sah, wie sie sich ein paar Tränchen von der Wange wischte und heulend in ihr Zimmer lief. Dort angekommen warf sie sich aufs Bett, wo sie immer noch lag und die Decke anstarrte, als Rebecca wenig später hereinkam.

Rebecca zog die Stirn kraus, sagte aber nichts. In aller Ruhe brachte sie ihre Strandsachen ins Bad und widmete sich Juan, Carlos und Speedy, bis Kiki sich schließlich räusperte und vorsichtig »Du, Rebecca?« sagte.

»Was ist?«, fragte Rebecca knapp, ohne den Blick von den Schnecken zu nehmen.

»Die Fernsehleute waren hier.« Kiki richtete sich auf.

»Schön für dich. Und?«

Kiki raufte sich die Haare. Warum machte Rebecca es ihr

nur so schwer? »Na ja, ich hab mit der Aufnahmeleiterin gesprochen und ihr alles gezeigt und so. Sie will den Regisseur fragen, ob ich eine Statistenrolle kriege.«

»Ist ja krass!«, rief Karlchen. Sie war über den Balkon gekommen und steckte ihren Wuschelkopf ins Zimmer. Bente folgte ihr. Beide machten fröhliche Gesichter, weil Kiki und Rebecca wieder miteinander sprachen.

»Und? Hast du Henning Sandborg gesehen?«, wollte Bente wissen. »Sieht er wirklich so gut aus?« Sie warf einen Blick auf die Bilder an der Wand.

»Nein, er war gar nicht mit«, seufzte Kiki. »Aber ich hab eine tolle Überraschung für dich.«

»Für mich?«, fragte Bente verwundert. »Was denn?«

»Der Regisseur interessiert sich für dich«, sagte Kiki und seufzte noch einmal. »Er hält dich nach deinem Auftritt am Fluss für ein echtes Naturtalent und möchte dich und Flippi für ein paar Szenen engagieren.«

Rebecca ließ ein Salatblatt auf ihre Schnecken fallen.

Karlchen schlug Bente mit der flachen Hand auf die Schulter. »Hey, wow! Du bist ein Star! Ich will sofort ein Autogramm von dir!«

Bente bekam einen Hustenanfall. Mehrere hilfreiche Hände klopften ihr auf den Rücken und machten es nur schlimmer. Mit Tränen in den Augen stieß sie hervor: »Aufhören! Hört auf! Ich krieg keine Luft mehr!«

Rebecca stürzte ins Bad und kam mit einem Glas Wasser zurück. »Trink einen Schluck und setz dich hin. Und dann erzählt Kiki uns alles der Reihe nach«, schlug sie vor.

Kiki schilderte den Freundinnen den Nachmittag in aller

Ausführlichkeit. Sie ließ nichts aus – weder die weggeworfenen Zigarettenkippen und die pinkfarbenen Markierungen noch den unmöglichen Ton des Regisseurs.

»So ein blöder Typ«, meckerte Karlchen. »Was bildet der sich ein?«

»Und wieso interessiert der sich ausgerechnet für mich?«, erkundigte Bente sich noch einmal.

Kiki gab wortwörtlich wieder, was Herr Lauenstein über sie gesagt hatte. Bente lachte laut auf.

»Und der bildet sich ein, ich würde in seiner Serie mitspielen? Na, da kann er lange drauf warten!« Sie schüttelte den Kopf. »Nee, das ist nichts für mich. Ich würde sterben, wenn ich vor einer Kamera stehen müsste. Das überlasse ich lieber anderen.« Sie guckte Kiki an. »Was hältst du davon, wenn ich dir Flippi leihe?«

»Wieso?«, fragte Kiki begriffsstutzig zurück.

»Du schlüpfst in meine Rolle! Du willst doch unbedingt an der Seite von Henning Sandborg vor der Kamera stehen, oder nicht?«

Kiki nickte.

»Alles klar!«, rief Bente. »Wir setzen dich auf Flippi und schicken euch in die Eider oder sonst wohin. So, wie du den Lauenstein schilderst, merkt der den Unterschied gar nicht.« Triumphierend guckte sie in die Runde. »Die Filmleute kriegen ihren Film und Kiki ihren Traumpartner … Genial, was?«

Als die anderen sie sprachlos anstarrten, zückte Bente ihr Handy und schrieb eine SMS an Lissy. Sie musste ihre Cousine unbedingt über die neuesten Entwicklungen informieren. Lissy hatte ihr gemailt, dass sie wegen Abi-Prüfungen an ihrer Schule einen beweglichen Ferientag hatte. Wenn alles so klappte, wie Bente es sich vorstellte, könnte sie vielleicht zu den Dreharbeiten kommen und sich persönlich ein Autogramm von ihrem Schwarm Henning Sandborg holen. Bente hatte ihre Cousine schon ewig lange nicht mehr gesehen. Die Filmarbeiten waren genau die richtige Gelegenheit, um das zu ändern.

8

Zwei Tage später war im Reitinternat der Teufel los. Der Schlosshof war mit Wohnwagen, Aufnahme- und sonstigen Fahrzeugen zugeparkt. Überall wurden Schweinwerfer aufgebaut und meterweise dicke, schwarze Kabel verlegt. An den unmöglichsten Stellen standen und liefen fremde Menschen. Karlchen beschwerte sich ohne Unterlass.

»Nee, so was«, grummelte sie schon beim Frühstück, nachdem sie im Flur vor dem Speisesaal über eine Kabelrolle gestolpert war und um ein Haar einen Scheinwerfer umgerissen hätte. Es hatte ein ziemliches Chaos gegeben. Ein Kameraassistent und zwei Beleuchter hatten heftig mit ihr geschimpft. Zuerst hatte Karlchen zurückgeschimpft, aber dann hatte sie den Männern einen Vogel gezeigt und sie einfach stehen lassen.

»Junge, nee«, brummte sie in ihre Haferflocken, »so viel Stress am frühen Morgen kann ich gar nicht gut vertragen. Muss das wirklich sein, dass die hier so 'nen Aufstand machen?«

»Das gehört wohl dazu«, meinte Bente gleichmütig.

Kiki saß ihnen gegenüber und rutschte auf ihrem Stuhl hin und her. Sie war so nervös, dass sie keinen Bissen runterbekam. Irgendwo da draußen war Henning Sandborg. Nicht mehr lange und sie würde ihn zum ersten Mal live sehen!

»Hör endlich auf, so zu zappeln!«, meckerte Karlchen sie genervt an. »Du machst mich ganz wuschig!«

»Seid ihr etwa gar nicht aufgeregt?«, staunte Kiki. »Hier wird eine echte Fernsehserie gedreht und ihr frühstückt in aller Ruhe und beschwert euch auch noch über die Umstände? Ich fass es nicht!«

Rebecca hatte ihr Frühstück beendet und sich die Morgenzeitung von Frau Wuttig ausgeliehen.

»Von Westen her nähert sich uns ein umfangreicher Tiefausläufer«, las sie laut vor. »Er bringt Wolkenfelder und viel Regen mit sich. Die Temperaturen werden auf circa 18 Grad sinken. Örtlich sind Gewitter und schwere Sturmböen mit Hagelschauern möglich. Wie schön.« Sie faltete die Zeitung zusammen und legte sie auf den Tisch.

»Was ist schön?«, fragte Bente.

»Na, dass diese Mörder-Hitze bald vorbei ist!« Rebecca schüttelte den Kopf. »Hast du nicht zugehört? Es wird kühler und es gibt Regen. Die Dürre hat ein Ende. Das wird Juan, Carlos und Speedy bestimmt freuen. Und unseren Nerven tut eine kleine Abkühlung auch gut.«

»Herrn Lauenstein wird das bestimmt nicht freuen«, jammerte Kiki. »Regen, Hagel, Gewitter, schwere Sturmböen – so ein drastischer Wetterumschwung kann den gesamten Drehplan durcheinanderbringen!«

»Es gibt eben noch Dinge in unserem Universum, auf die nicht mal ein erfolgsgewohnter Regisseur Einfluss hat«, erwiderte Rebecca ungerührt. »Außerdem wird es nicht sofort regnen, sondern erst in den nächsten Tagen. Bis dahin sind die Typen wahrscheinlich längst fertig. Hoffentlich«, fügte sie hinzu. Sie machte keinen Hehl daraus, dass ihr die Anwesenheit der Fernsehleute auf die Nerven ging. Dafür, dass das Internat inklusive der Lehrer komplett aus dem Häuschen war, hatte sie kein bisschen Verständnis.

Daniel stellte sein Tablett auf den Tisch und ließ sich auf einen Stuhl fallen. Er grinste über das ganze Gesicht.

»Hast du mitten im Sommer den Weihnachtsmann gesehen«, wunderte sich Karlchen, »oder wieso strahlst du so?«

Daniel beugte sich vor. »Seht ihr die Tussi am Tresen?«, raunte er den Freundinnen zu.

»Welche? Die mit den roten Locken?«, fragte Bente laut und erhob sich halb von ihrem Stuhl, um besser sehen zu können.

Daniel zog sie wieder runter.

»Pscht!«, machte er. »Ja, genau die meine ich. Das ist Marlies, die Maskenbildnerin. Wisst ihr, was sie zu mir gesagt hat?« Er kicherte leise.

»Du wirst es uns bestimmt gleich verraten«, seufzte Rebecca.

»Sie hat gesagt, ich hätte ein markantes Gesicht«, flüsterte Daniel. »Man könnte viel daraus machen.« Er legte eine wirkungsvolle Pause ein. »Sie meint, ich sollte unbedingt zum Film gehen!«

Bente lachte laut los. »Du?!«

»Wow!«, machte Kiki. »Echt?«

»Was?«, entfuhr es Rebecca. »Fängst du jetzt auch noch an zu spinnen? Mir reichen schon Kikis Star-Allüren!«

Daniel legte ihr einen Arm um die Schultern und lächelte.

»Keine Sorge. Ich hab ihr gesagt, ich müsste in Ruhe darüber nachdenken.«

»Wenigstens hättest du eine Alternative, falls es mit der Schule nicht klappen sollte«, meinte Karlchen. »Ist doch praktisch. Wenn du vom Internat fliegst, gehst du einfach zum Film.«

»Haha«, machte Daniel. »Wer steht denn in Mathe auf 'ner Fünf – du oder ich?«

Karlchen leckte genüsslich die letzten Haferflocken aus ihrem Schälchen. »Es ist immerhin eine gute Fünf«, erwiderte sie gelassen. »Mit starker Tendenz zur Vier, hat die Pauli gesagt. Also, zerbrich dir nicht meinen Kopf.« Sie stand auf, als es zur Stunde gongte. »Auf in den Kampf, Mädels!«

Studienrat Hartmann stand mit verschränkten Armen am Fenster und beobachtete das lebhafte Treiben auf dem Hof. Er hielt einen Auslöser in der Hand und drückte hin und wieder auf einen Knopf. Ein Projektor warf Dias einer kargen Wüstenlandschaft auf eine Leinwand hinter ihm.

»Schreibt in Stichpunkten auf, was ihr seht«, erläuterte Herr Hartmann. »Später erarbeitet ihr aus euren Notizen einen Aufsatz über die Wüste Gobi und die dort herrschenden klimatischen Bedingungen. Aber nicht unter zwei Seiten, wenn ich bitten darf.«

Ein Stöhnen lief durch die Klasse. Karlchen tippte sich an die Stirn und streckte dem Lehrer hinter seinem Rücken die Zunge raus. Sie schob Bente ihr Heft rüber.

»Dia 1: Wüste bei Tag«, stand da. »Dia 2: Wüste bei Nacht. Dia 3: Wüste im Wüstensturm«, und so weiter.

Bente kicherte. Ihre Aufzeichnungen waren auch nicht viel ergiebiger. Sie fragte sich, wie daraus jemals ein akzeptabler zweiseitiger Aufsatz entstehen sollte.

Die Einzige aus der Klasse, die der Dia-Show aufmerksam folgte und sich dabei sehr gewissenhaft Notizen machte, war Rebecca.

Kiki malte verträumt Herzchen auf ein Löschpapier und Marie-Claire und Krista blätterten in der neusten Bravo, wobei sie unentwegt tuschelten und kicherten. Das Brummen des alten Diaprojektors war so laut, dass eine Unterhaltung durchaus möglich war, solange Herr Hartmann seine Aufmerksamkeit anderen Dingen widmete.

Mikka und Torben spielten etwas, das sie »Tintenball« nannten: Mit der Spitze eines Zirkels hatten sie die kleine Plastikkugel aus einer leeren Füllerpatrone herausgestochert, um sie mit ihren Geodreiecken auf der Tischplatte hin und her zu schießen. Aus Radiergummis und Anspitzern hatten sie kleine Tore gebaut. Karlchen, Bente und ein paar andere guckten interessiert zu. Den Aufnahmen von der Steppenlandschaft der Wüste Gobi schenkten sie kaum noch Beachtung.

Herr Hartmann bekam von alledem nichts mit. Er war so damit beschäftigt, was auf dem Schlosshof vor sich ging, dass er die Unruhe in seiner Klasse erst bemerkte und sich umdrehte, als ein paar Schüler laut lachten: Eine Kamelkarawane durchwanderte die karge Steppe auf dem Kopf. Kiki unterbrach ihre Malerei, Mikka und Torben stoppten ihr Match.

»Wie schön«, freute sich Herr Hartmann, »dass ihr so viel Interesse am Thema zeigt!« Mit spitzen Fingern nahm er das

Dia aus der Schiene, drehte es richtig herum und betätigte erneut die Fernbedienung. »Ich hatte schon befürchtet, die innerasiatische Beckenlandschaft wäre zu trocken für euch!« Er lachte über seinen eigenen Witz, als es zur Pause läutete. »Denkt dran: Zwei Seiten bis übermorgen!«, konnte er gerade noch rufen, während die Mädchen und Jungen an ihm vorbei ins Freie drängten.

Die neunte Klasse hatte nach der großen Pause eine Freistunde – eine günstige Gelegenheit, um ein bisschen Fernsehluft zu schnuppern. Weil der Pausenhof mit Aufnahmefahrzeugen zugeparkt war, wichen Kiki, Bente, Karlchen und Rebecca auf den Schlosspark aus. Im Schatten eines Rosenspaliers verputzten sie ihre Pausenbrote und versuchten währenddessen, einen Blick hinter die Filmkulissen zu werfen. In dem hektischen Gewusel der Fernsehleute und dem Gewirr von Scheinwerfern, Kameras und Mikrofonen war es schwer, ein prominentes Gesicht zu entdecken. Karlchen maulte, wie langweilig sie das alles fände, als Kiki plötzlich aufsprang, als wäre sie von etwas gestochen worden.

»Da ist er!«, kreischte sie und hüpfte aufgeregt auf und ab.

»Geht's dir nicht gut?«, fragte Bente besorgt. »Du bist ganz blass.«

Kiki deutete in Richtung des Springbrunnens am anderen Ende des Parks. Sein Wasser war wegen der Trockenheit abgestellt. »D-da«, stammelte sie. »Ich sehe ihn. Er ist es wirklich … Henning Sandborg!«

»Was?«, entfuhr es Bente. »Echt? Bist du sicher? Wo?« Sie stellte sich neben ihre Freundin und starrte ebenfalls zum

Springbrunnen. »Wow! Tatsächlich! Junge, sieht der gut aus! Hat jemand einen Fotoapparat dabei?«

»Lasst mich auch mal gucken!« Karlchen drängelte sich vor die beiden Freundinnen. »Macht doch mal Platz. Ich seh gar nichts«, jammerte sie. »Welcher ist es? Der lange Dünne oder der Kleine mit dem Hut?«

»Keiner von beiden natürlich!« Kiki warf Karlchen einen empörten Blick zu und schüttelte den Kopf. »Der lange Dünne ist Kuddel, der Kameramann, und der Kleine mit dem Hut ist der Regisseur, Herr Lauenstein. Sag mal, brauchst du 'ne Brille? Henning ist der Blonde mit dem Jeanshemd und der weißen Hose! Da, er lehnt am Brunnen und tut so, als würde er telefonieren!« Kiki drehte Karlchens Kopf in die richtige Richtung.

»Ach der«, brummte Karlchen. »Ja, nett. Aber wieso tut er nur so, als würde er telefonieren?«

Kiki stöhnte auf und überließ es Bente zu erklären, dass man beim Film fast immer nur so tat »als ob«.

»Ist eben alles Fassade.« Rebecca stand auf einer Bank und hatte den besten Überblick. »Sieht aus, als würden sie eine Pause machen. Der Beleuchter hat gerade die Scheinwerfer abgestellt. Ja, jetzt nimmt der Kameramann auch die Kamera runter.« Sie hüpfte von der Bank und stupste Kiki in die Seite. »Scheint so, als wäre das deine Chance! Los, geh hin. Tu so, als würdest du spazieren gehen und ganz zufällig am Brunnen vorbeikommen. Verwickel ihn in ein Gespräch, flirte mit ihm, bagger ihn an, was weiß ich.«

»Was soll ich?«, fragte Kiki fassungslos.

»Du sollst dich in Richtung Springbrunnen bewegen.« Rebecca schob sie vorwärts. »Gleich ist er weg, dann klappt das mit dem Kennenlernen nie. Los, mach schon!«

»Ja, los, Kiki!«, schloss Bente sich an. »Das ist die Gelegenheit, um an ihn ranzukommen!«

»Schnapp ihn dir, schnell!« Karlchen spähte durch das Rosenspalier. »Noch ist er da!«

»Spinnt ihr?«, jammerte Kiki. »Ich kann doch nicht einfach –«

»Klar kannst du!« Rebecca gab ihr einen Schubs. »Los, Abmarsch!«

»Aber ich hab nicht die richtigen Klamotten an«, protestierte Kiki schwach. »Ich muss mich umziehen, ich muss duschen, ich –«

»Blödsinn!«, zischte Rebecca. »Los, da geht's lang!«

9

Kiki fand sich auf dem schmalen Kiesweg wieder, der sich durch den Park schlängelte. Sie hörte ihre Freundinnen tuscheln und kichern, aber sie dachte nicht daran, umzukehren. Man konnte ihr vieles nachsagen, aber dass sie feige war, ganz gewiss nicht!

»Kleine Scherzkekse«, murmelte sie in Richtung des Rosenspaliers. »Ihr werdet Augen machen!«

Zum Erstaunen der drei anderen warf sie den Kopf in den Nacken, zupfte ihr knappes T-Shirt zurecht und ging entschlossen auf den Springbrunnen zu – oder vielmehr auf den blonden Mann, der sich lässig dagegenlehnte.

»Erinnert euch das nicht an etwas?«, raunte Karlchen Bente und Rebecca in ihrem Versteck zu.

»Hm, ja, du hast recht. Es ist genau wie damals, als sie in Daniel verknallt war«, meinte Bente. »Damals brauchte sie auch einen kräftigen Tritt in den Hintern. Meine Güte, fast hätten wir sie zu ihrem Auserwählten tragen müssen!« Sie schüttelte lachend den Kopf und zog ihr Handy aus der Tasche, um ein paar Fotos für Lissy zu machen. »Was für ein Theater!«

Karlchen grinste breit. »Tja, und dann kam Rebecca und

hat sich den süßen Daniel gekrallt. Stille Wasser sind tief, ja, ja.«

Rebecca schnappte nach Luft. »Das nimmst du sofort zurück!«

»Was? Das mit dem stillen Wasser?«, fragte Karlchen erstaunt. »Aber das sagt meine Oma auch immer.«

»Nein, das andere!«, fauchte Rebecca. »Dass ich mir Daniel gekrallt hab! Es war ganz anders, das wisst ihr genau!«

Bente brummelte, als wollte sie ein nervöses Pferd besänftigen. »Bleib mal ruhig. So war das doch gar nicht gemeint.«

»Nee, echt nicht«, sagte Karlchen versöhnlich. »Wir wissen doch genau, wie das damals mit dir und Daniel und Kiki war. Schließlich waren wir live dabei.«

Rebecca verzog das Gesicht zu einem kleinen Grinsen. »Genau wie jetzt, meinst du wohl?«

»Bingo!«, lachte Karlchen.

»Okay, dann lasst uns mal gucken, was die kleine Kiki so macht.« Bente schob ein paar Rosenzweige zur Seite und spähte hindurch.

Kiki ging schnurstracks auf den Brunnen zu. Ein nervöses Lächeln umspielte ihre Mundwinkel. Die anderen hatten zwar recht – die Gelegenheit war einmalig günstig, sie durfte sie sich nicht entgehen lassen –, aber trotzdem beschleunigte sich ihr Puls, je näher sie dem Schauspieler kam. Was zum Teufel sollte sie nur zu ihm sagen: So ein Zufall, Herr Sandborg, was machen Sie denn hier? Kiki stöhnte auf. Nein, unmöglich! So ging das nicht.

Sie sah, dass Herr Lauenstein, Kuddel und die Beleuchter ein paar Worte wechselten und dann gemeinsam verschwanden. Henning Sandborg blieb allein im Park zurück. Er wandte sein Gesicht der Sonne zu und schloss die Augen.

Wow!, dachte Kiki. Ich könnte mich anschleichen, ohne dass er's merkt!

Sie blieb stehen, holte tief Luft und sagte, wie um sich Mut zu machen: »Wer nicht wagt, der nicht gewinnt!« Sie kicherte, als sie weiterging. »Oh Mann, ich hör mich schon an wie Karlchens Oma!«

Als sie nur noch wenige Schritte vom Brunnen beziehungsweise von Herrn Sandborg entfernt war, wieherte auf der benachbarten Koppel ein Pferd. Ein anderes antwortete laut. Henning Sandborg riss die Augen auf und sah sich verwirrt um. Sein Blick blieb an Kiki hängen.

Kiki blieb abrupt stehen, starrte den Schauspieler an und dachte gleichzeitig: Hilfe, ich sterbe!

»Was machen die da?« Karlchen spähte immer noch durch die Rosenranken.

»Keine Ahnung«, sagte Bente. »Wurzeln schlagen und sich anglotzen, so wie's aussieht.«

Rebecca verließ die Deckung und warf einen Blick um die Ecke. Sie nahm ihre Brille ab und rieb sie an einem Zipfel ihres T-Shirts ab. Sie brauchte einen klaren Durchblick.

Kiki stand direkt vor Henning Sandborg. Es war unglaublich. Sie fiel nicht in Ohnmacht, versank nicht im Erdboden, nein, sie stand da und lächelte ihn an, als würde sie jeden Tag Fernsehstars im Rosenberger Schlosspark treffen.

»Hättet ihr Kiki das zugetraut?«, fragte Rebecca. Sie hatte sich wieder hinter das Spalier zurückgezogen und ließ sich auf eine Bank fallen.

»Nee«, sagte Bente. »Im Leben nicht!«

»Doch, ich schon«, meinte Karlchen. »So ein Schauspieler ist schließlich auch nur ein Mensch, oder nicht?«

Kiki hatte sich wieder gefangen und ging auf Henning Sandborg zu. »Hi«, sagte sie von Weitem. »Stör ich?«

Der Schauspieler löste sich vom Brunnen. Kiki überlegte, ob sie ihm die Hand geben sollte, aber er nahm ihr die Entscheidung ab. Er reichte ihr die Hand und stellte sich vor. »Hallo. Nein, du störst überhaupt nicht. Mein Name ist Sandborg«, sagte er freundlich. »Henning Sandborg.«

»Klar, weiß ich doch, ähm, ich meine …« Kiki spürte, dass sie rot wurde, und hoffte inständig, dass es unter ihrer Sonnenbräune nicht auffallen würde. Sie räusperte sich. »Ich wollte sagen, ich weiß natürlich, wer Sie sind.« Sie erwiderte seinen festen Händedruck.

»Und du? Hast du keinen Namen? Oder muss ich schon ›Sie‹ zu dir sagen?« Der Schauspieler grinste.

»Quatsch, nee, sagen Sie ruhig Kiki zu mir«, erwiderte Kiki.

»Okay, dann sagst du aber auch Henning zu mir.« Er atmete tief ein und ließ den Blick über den Park und die Schlossgebäude schweifen. »Traumhaft schön ist es hier. Lebst du schon lange im Internat?« Er setzte sich auf das schmale Steinmäuerchen, das den Springbrunnen umfasste, und klopfte mit der flachen Hand darauf. Kiki setzte sich vorsichtig neben ihn.

Zu ihrer eigenen Verwunderung war sie plötzlich vollkommen ruhig und entspannt. Henning Sandborg benahm sich so normal und natürlich, dass man fast vergessen konnte, dass er ein berühmter Star war. Sie lächelte, als sie ihm in wenigen Sätzen schilderte, wie sie nach der Trennung ihrer Eltern Internatsschülerin geworden war.

Herr Sandborg nickte. »Das wär auch was für meine Kinder«, sagte er ganz in Gedanken. »Viele Freunde, Pferde, Natur, das nahe Meer –« Er breitete die Arme aus. »Was kann sich ein Kind mehr wünschen?«

Kiki zuckte zusammen. Kinder? Hatte sie richtig gehört?

»Unsere Tochter ist allerdings erst sieben«, fuhr der Schauspieler lachend fort. »Und unser Sohn wird im Herbst drei. Ein bisschen Zeit bleiben meiner Frau und mir noch für die Wahl der richtigen Schule. Aber ich glaube, ich werde mir trotzdem schon mal die Unterlagen des Internats besorgen, wenn die Dreharbeiten vorbei sind.« Er stieß Kiki vertraulich an. »Oder spricht was dagegen, dass ich meine Kinder hierherschicken sollte?«, fragte er. »Sei ehrlich: Fühlst du dich hier wohl oder ist Rosenberg eine schreckliche Schule?«

»Also, ich ähm, ich …«, stammelte Kiki. Sie starrte Herrn Sandborg an. »Ich wusste gar nicht, dass Sie Kinder haben. Und dass Sie verheiratet sind, auch nicht.«

Herr Sandborg lachte. »Ich hoffe, das stört dich nicht.«

»Nee, natürlich nicht«, sagte Kiki und kam sich ziemlich blöd vor.

»Du willst sagen, dass du noch nie etwas über meine Familie gehört oder gelesen hast, stimmt's?«

»Ja, genau.«

»Das liegt daran, dass ich mein Privatleben strikt von der Öffentlichkeit abschirme«, erklärte Herr Sandborg. »Ich bin

Schauspieler und prominent, deshalb stehe ich im Rampenlicht, das gehört zu meinem Beruf. Aber meine Kinder sollen nicht darunter leiden. Ich will nicht, dass ihre Fotos oder die von meiner Frau ständig in irgendwelchen Klatschblättern auftauchen, verstehst du?«

»Ja, klar. Ich spiele Geige und steh selbst auch manchmal im Rampenlicht, bei Auftritten, Konzerten und so. Das ist natürlich nicht so krass wie bei Ihnen«, nickte Kiki. »Aber dass so ein Leben in der Öffentlichkeit ziemlich anstrengend ist, kann ich mir gut vorstellen.« Sie sah den Schauspieler plötzlich mit ganz anderen Augen. Er sah wirklich gut aus, ja. Aber in seine braune Haut hatten sich schon einige kleine Falten eingegraben. Und wenn man genauer hinsah – so wie Kiki jetzt –, durchzogen weiße Strähnen sein blondes Haar. Er sah älter aus als auf den Fotos, die von ihm veröffentlicht wurden. Kiki schätzte, dass er mindestens so alt war wie ihr Vater – und der war schon über vierzig!

Sie schüttelte den Kopf. Ihre Schwärmerei kam ihr plötzlich total albern vor. Anscheinend hatte sie einen ganz anderen Menschen angehimmelt als den, den sie jetzt vor sich sah. Sie musste lachen.

»Darf ich mitlachen?«, schmunzelte Herr Sandborg.

»Nein, tut mir leid, das geht nicht«, antwortete Kiki. »Das ist was Persönliches.«

»Kiki! Da bist du ja!« Eine laute Stimme ließ sie und Sandborg herumfahren. »Ich hab dich schon überall gesucht!«

»Hallo, Carmen«, sagten Kiki und der Schauspieler gleichzeitig.

Die Aufnahmeleiterin blieb stehen. »Ihr kennt euch?«

»Wir sind so was wie Kollegen.« Henning Sandborg zwinkerte Kiki zu. »Die junge Dame ist auch Künstlerin. Sie spielt Geige.«

»Aha, soso«, murmelte Carmen. »Das hilft mir allerdings nicht weiter.« Sie wandte sich an Kiki. »Ich brauche Pferde und ich brauche Reiter. Kannst du mir helfen?«

»Pferde? Reiter? Kein Problem. Wie viele?« Kiki zuckte mit den Schultern. »Rosenberg ist ein Reitinternat, wie der Name schon sagt.«

Der Regisseur, der Kameramann und ein paar weitere Mitglieder des Teams kamen hinzu und scharten sich um die Aufnahmeleiterin.

»Da ist das Mädchen ja endlich«, schnaufte Herr Lauenstein. Er schwitzte und spähte in den Brunnen. »Warum ist dieses Ding trocken? Kann man das irgendwo einschalten? Ich brauche Wasser!«

Steffi, die Regieassistentin, machte sich eine Notiz. »Ich werde mich gleich darum kümmern«, murmelte sie und trabte davon.

»Fein.« Herr Lauenstein zog ein Taschentuch aus seiner Hosentasche und wischte sich den Schweiß von der Stirn. »Ich habe gerade mit deiner Chefin, der Frau Dr. Paulus, gesprochen«, sagte er zu Kiki. »Ich hätte morgen gerne ein paar gute Reiter als Statisten für Fernaufnahmen. Eigentlich wollte ich ja nur das blonde Mädchen mit dem braunen Pferd für ein paar Hintergrundszenen haben, aber Frau Dr. Paulus hat mir zu verstehen gegeben, dass sie es nicht gerne sehen würde, wenn Einzelne bevorzugt würden. Zumal nicht sicher ist, dass das Mädchen für die Aufnahmen überhaupt zur Verfügung steht. Dr. Paulus scheint eine Dame mit Prinzipien zu sein.«

Kiki zog fragend die Augenbrauen hoch.

»Sie hat wörtlich gesagt, die Reitabteilung gibt es nur ganz oder gar nicht«, flüsterte Carmen ihr zu.

»Das hat die Pauli gesagt? Cool.« Kiki grinste.

»Tja, wir brauchen also bis morgen eine Horde Reiter samt Pferden«, seufzte Carmen. »Da dachte ich, ich wende mich am besten an dich. Du warst neulich so hilfsbereit und außerdem hattest du doch Interesse an einem Statistenjob, oder?«

»Ja, klar. Aber es heißt Abteilung, nicht Horde«, korrigierte Kiki die junge Frau. »Trotzdem kein Problem. Ich sag gleich meinen Freundinnen Bescheid.« Sie drehte sich um und winkte mit beiden Händen. Hinter dem Rosenspalier tauchten drei neugierige Gesichter auf.

»Kommt mal schnell her!«, rief Kiki ihnen zu. »Euer Typ wird verlangt!«

Nachdem Kiki der Filmcrew Bente, Rebecca und Karlchen vorgestellt hatte, setzten sich die Mädchen im Halbkreis in das vertrocknete Gras neben dem Brunnen und lauschten den Ausführungen des Regisseurs. Zu ihrem Leidwesen war Henning Sandborg von der Maskenbildnerin abgeholt worden, um für eine Szene neu geschminkt zu werden und sich umzuziehen.

»Ist das oberkrass! Lissy wird vor Neid platzen, wenn ich ihr das erzähle!«, hatte Bente Karlchen zugeraunt, nachdem sie dem Star die Hand geschüttelt hatte. »Kneif mich mal, damit ich aufwache!«

Karlchen hatte ihr so kräftig in den Po gezwickt, dass Bente laut aufjaulte. »Aua! Spinnst du? So war das nun auch nicht gemeint!« Sie rieb sich die schmerzende Stelle und funkelte die Freundin an.

Karlchen zuckte mit den Schultern. »Du hast es so gewollt.«

Steffi, die quirlige Regieassistentin, hatte gekühlte Getränke organisiert, die sie reihum anbot. Dem Wunsch des Regisseurs, den Springbrunnen einzuschalten, konnte der Schlossgärtner allerdings nicht nachkommen. Wegen der anhaltenden Dürre drohte das Wasser knapp zu werden; die Internatsleitung achtete streng darauf, dass nichts vergeudet wurde – nicht einmal für Filmaufnahmen.

Herr Lauenstein nahm es seufzend zur Kenntnis und widmete sich seinem zerfledderten, mit zahlreichen handschriftlichen Bemerkungen und Skizzen versehenen Exemplar des Drehbuchs. Mit knappen Sätzen schilderte er die für den nächsten Tag geplante Szene: »Henning fährt im offenen Sportwagen die Landstraße entlang. Er ist auf dem Weg in die Klinik. Sein Gesicht ist besorgt. Die bevorstehende Operation ist ein riskanter Eingriff. Die Patientin könnte sterben. Eine plötzliche Bewegung lenkt Henning ab. Er dreht den Kopf zur Seite. Eine Horde Reiter galoppiert über ein freies Feld.«

»Es heißt Abteilung«, bemerkte Rebecca, »nicht Horde.«

»Pscht!«, machten Kiki, Bente und Karlchen gleichzeitig.

Lutz Lauenstein hob den Kopf. »Wie bitte? Ach so. Ja, danke.« Er machte einen Vermerk und las weiter: »Die Abteilung galoppiert also ziemlich schnell über das Feld. Es sind junge Reiter, Mädchen und Jungen. Die Pferde sind bunt zusammengewürfelt: große und kleine, schwarze, weiße und braune.«

»Rappen, Schimmel, Füchse und Braune also.« Karlchen machte ein nachdenkliches Gesicht. »Und was ist mit Falben, Schecken, Palominos?«

Der Regisseur nahm seine Brille ab und machte ein verwirrtes Gesicht. »Wovon redest du? Ich verstehe kein Wort!«

»Na ja, wenn Sie sagen, dass kleine und große Pferde, Schimmel, Rappen, Füchse und Braune mitlaufen dürfen«, erwiderte Karlchen, »muss ich natürlich fragen, was mit andersfarbigen Pferden und Ponys ist. Dürfen die etwa nicht mitspielen? Ich reite nämlich zufällig einen Falben. Er heißt Snude!«

Rebecca stöhnte leise auf und musterte Karlchen, als hätte sie Zweifel an deren geistiger Verfassung. »Ich glaub nicht, dass es Herrn Lauenstein ernsthaft interessiert, wie dein verfressenes Pony heißt!«

»Was hast du gesagt?« Karlchen sprang auf. »Willst du Snude beleidigen?« Sie ballte die Fäuste.

»Aber, aber, meine Damen!« Herr Lauenstein hob beide Hände. »Bitte keinen Streit, ja?« Er holte sein Taschentuch hervor und fuhr sich damit über die Stirn. »Erstaunlich«, murmelte er. »Ich dachte immer, Schauspieler sind schwierig. Dabei scheinen Internatsschülerinnen viel schwieriger zu sein.« Er seufzte. Seine Assistentin kam ihm zu Hilfe.

»Ich glaube, wir machen keinen Unterschied, was die Farbe der Pferde angeht«, versicherte sie. »Alle dürfen mitlaufen. Je unterschiedlicher die Farben, umso bunter und telegener das Bild.«

Karlchen nickte zufrieden, als sie sich wieder ins Gras setzte und Rebecca einen Seitenblick zuwarf. »Hast du gehört? Mein Snude ist telegen!«

»Dürfte ich fortfahren?«, erkundigte sich Herr Lauenstein leicht genervt. »Fein.« Er nahm sein Drehbuch wieder auf. »Die Pferde lenken Henning also kurz von seinen Sorgen ab. Er fährt rechts ran, hält und steigt aus. Die Reiterinnen und Reiter winken ihm zu. Er winkt zurück. Schnitt. Nächste Szene Operationssaal, Klinik am Meer.« Er klappte das Buch zu. »Noch irgendwelche Fragen?«

»Ist das alles?«, fragte Bente. »Wir sollen über ein Feld galoppieren und winken?«

»Ja, das ist eure Aufgabe«, antwortete Carmen anstelle des Regisseurs. »Meint ihr, dass ihr das schafft?«

»Pah, so was machen wir doch ständig!« Bente winkte ab.

»Falls du mit deinem Pferd lieber wieder einen Sprung ins kalte Wasser machen möchtest, müssten wir das Drehbuch ändern«, bemerkte Herr Lauenstein schmunzelnd.

»Nein, nein, bloß das nicht!«, rief Bente entsetzt. »Aber wo wir gerade davon sprechen … Was ist eigentlich mit der Aufnahme vom Fluss? Haben Sie Flippi und mich wirklich gefilmt?«

»Ja, haben wir. Wir hatten dort gerade eine Szene abgedreht. Es war purer Zufall, dass die Kamera noch lief.«

»Und was haben Sie mit der Aufnahme vor?«

»Die kommt in unser Archiv«, sagte Herr Lauenstein. »Darin sammeln wir unveröffentlichte Szenen, Pannen bei den Dreharbeiten, witzige Episoden. Wenn du darauf bestehst, wird die Aufnahme von deinem Stunt selbstverständlich gelöscht. Für unsere Serie können wir die Szene leider nicht verwenden, so gut sie mir persönlich auch gefällt. Sie ist einfach zu actionreich.«

»Gott sei Dank!«, entfuhr es Bente. »Und ich dachte schon, demnächst können alle meinen peinlichen Auftritt im Fernsehen bewundern!«

»Nein, keine Sorge. Wenn du möchtest, machen wir dir eine Kopie auf Video«, schlug der Regisseur vor. »Für private Zwecke.«

»Oh ja, klasse!« Bente nickte. »Das wär echt cool!«

Steffi machte sich eine Notiz. Herr Lauenstein stand auf.

»Gut, meine Damen. Dann sehen wir uns morgen früh«, sagte er zum Abschluss. »Vergesst eure Pferde nicht. Um fünf Uhr ist die erste Probe!«

»So früh?«, riefen Bente und Karlchen gleichzeitig.

»Früher Vogel fängt den Wurm«, war die Antwort des Regisseurs. »Da ich davon ausgehe, dass wir die Szene mehrfach drehen müssen, bevor sie sitzt, sollten wir möglichst früh anfangen. Zeit ist Geld, meine Damen.« Er winkte noch einmal fröhlich in die Runde, drückte Steffi das zusammengerollte Drehbuch in die Hand und verließ mit langen Schritten den Park.

»Tja, es gibt viel zu tun, Mädels«, sagte Karlchen. Sie hob die Hand. Die anderen klatschten sie ab.

»Packen wir's an!«, erwiderten sie im Chor.

Am Abend saßen die Mädchen auf ihrem gemeinsamen Balkon und sprachen über den ereignisreichen Tag. Kiki hatte ihren Freundinnen von Herrn Sandborg erzählt – dass er glücklich verheiratet war, Kinder hatte … und dass er offenbar ein ganz anderer Mensch war als der, für den sie ihn gehalten hatte.

Bente machte ein nachdenkliches Gesicht. »Mir ist vorhin im Park aufgefallen, dass er in Wirklichkeit älter aussieht als auf den Fotos in den Zeitschriften und im Fernsehen. Hat er dir zufällig gesagt, wie alt er ist?«

»Nein.« Kiki schüttelte den Kopf. »Ich glaub, sein wahres Alter hält er genauso streng geheim wie sein Familienleben. Nur so kann er noch Rollen von jüngeren Männern spielen – wie in der ›Klinik am Meer‹ zum Beispiel. Aber ich schätze ihn so auf Anfang vierzig. Wie mein Vater«, fügte sie seufzend hinzu.

»Krass«, fand Karlchen. Sie murmelte etwas von einem »ziemlich ollen Knacker« und warf sich gekonnt ein paar Gummibärchen in den Mund. »Und?«, fragte sie mümmelnd. »Bist du jetzt sehr traurig?«

»Warum sollte ich traurig sein?«, fragte Kiki.

»Na, weil der olle Sandborg schon so alt und außerdem vergeben ist«, erwiderte Karlchen.

»Traurig ist wohl nicht das richtige Wort«, mischte Rebecca sich ein. »Vielleicht eher enttäuscht?«

Karlchen nickte. »Ja, genau das meinte ich!«

Kiki ließ sich Zeit mit ihrer Antwort. »Nein, ich bin nicht enttäuscht«, sagte sie schließlich, »und auch nicht traurig. Es ist mehr so, als ob ich aufgewacht wäre, versteht ihr?«

Rebecca und Bente nickten, Karlchen schüttelte verständnislos den Kopf.

»Na ja«, fuhr Kiki fort, »ich hatte einen Traum von Henning, eine ganz bestimmte Vorstellung, an die ich geglaubt hab. Ich hatte mir ein Bild von ihm gemacht, das nicht der Wirklichkeit entsprach. Als ich ihn dann plötzlich vor mir hatte, war alles ganz anders, als ich es mir in meiner Fantasie ausgemalt hatte. Er sah anders aus, sprach anders. Ich kam mir mit einem Mal ziemlich doof und naiv vor.«

»Klar«, meinte Karlchen. »Verstehe.« Ihrem Gesicht war anzusehen, dass eher das Gegenteil der Fall war.

»Aber das ist doch total normal«, meinte Bente. »Wenn man so einen Superstar nur aus dem Fernsehen kennt, sieht man halt nur die schöne Fassade.«

»Stimmt«, nickte Rebecca. »Man verliebt sich in das Fantasiebild von einem Menschen, das einem von den Medien vorgegaukelt wird, aber nicht in den wirklichen Menschen.«

»Geht ja auch gar nicht«, sagte Kiki. »Weil man den wirklichen Menschen überhaupt nicht kennt.«

»Aber jetzt kennen wir ihn ja.« Karlchen stand auf und ging ins Zimmer. Das Thema war ihr viel zu verworren. »Und Hauptsache ist doch, dass er nett ist, oder?«, rief sie über die Schulter zurück.

»Du hast absolut recht.« Kiki lachte. »Nett ist er wirklich!«

Das melodische Klingeln von Bentes Handy ließ sie zusammenzucken.

»Hi, Lissy!«, meldete sich Bente. Sie hatte auf dem Display gesehen, dass ihre Cousine dran war. »Wie geht's? Du, hör zu! Du musst dich sofort in den nächsten Zug setzen und herkommen. Morgen früh um fünf fangen die Dreharbeiten an. Der Regisseur sucht noch Statisten, die reiten können.« Sie presste das Handy ans Ohr und trotzdem konnten die anderen hören, wie Lissy aufschrie. »Klar«, sprach Bente weiter. »Wenn Heiko dich herfahren kann, umso besser. Dann kann er auch mitreiten. Nee, ich glaub nicht, dass ihr Arcado und Jimmy mitbringen müsst. Herr von Hohensee kann euch bestimmt zwei Pferde leihen. Oh ja, Mensch, super! Bis später!«

Mit einem zufriedenen Grinsen beendete Bente das Gespräch. »Lissy und Heiko machen sich sofort auf den Weg«, erzählte sie den anderen. »Morgen ist an ihrer Schule unterrichtsfrei wegen der mündlichen Abi-Prüfungen. Es passt perfekt!«

»Hat Heiko denn schon einen Führerschein?«, fragte Rebecca.

»Klar«, nickte Bente.

»Und wo sollen sie schlafen?« Kiki runzelte die Stirn. »Du weißt doch, dass wir keinen unangemeldeten Besuch bekommen dürfen.«

»Kein Problem. Sie nehmen ihr Zelt mit und campieren auf der Pferdekoppel«, sagte Bente. »Ich glaub nicht, dass die Pauli was dagegen hat. Und selbst wenn … Bei dem ganzen Filmtrubel fallen zwei Leutchen mehr oder weniger doch gar nicht auf.«

»Stimmt«, gab Kiki zu. »Und zwei passende Pferde finden wir auch noch für die beiden. Wozu sind wir ein Reitinternat?«

10

Karfunkel stampfte wütend mit den Hufen und ließ ein ohrenbetäubendes Wiehern hören. Little Mystery wieherte kläglich zurück und trabte mit verdrießlichem Gesicht am Gatterzaun hin und her.

»Ruhig, Karfunkel, sei brav.« Rebecca klopfte ihrer Stute den Hals. »Bald bist du wieder bei deinem Sohn.«

Weil sie nicht wusste, was auf sie und Karfunkel zukommen würde, hatte Rebecca sich am nächsten Morgen entschlossen, das Fohlen während der Dreharbeiten auf der Koppel zu lassen. Sie wollte es nicht überanstrengen oder gefährden, indem sie es in einer großen Abteilung mitlaufen ließ. Außerdem hatten sie und die anderen auch ohne das quirlige Rappfohlen schon genug zu tun.

Sie warf einen Blick über die Schulter zu Kiki. Torphy wand sich wie ein Aal und machte es seiner Reiterin fast unmöglich, aufzusitzen. Als sie es endlich geschafft hatte, war ihr Gesicht knallrot vor Anstrengung.

Schnute trat Karlchen auf den Fuß und weigerte sich beharrlich, seinen Huf woanders hinzusetzen. Sosehr Karlchen auch drückte und schob, er stemmte sich mit seinem ganzen Gewicht dagegen und blieb stur stehen. Bente gab ihm schließlich einen Klaps auf die Kruppe. Der Norweger machte einen Satz zur Seite und rempelte Snorri an, woraufhin Patricks Isländer seinem Weidegenossen ins Genick biss. Fluchend und humpelnd brachte Karlchen die beiden Pferde mit Patricks Hilfe wieder auseinander.

Daniel hielt Mystery abseits am kurzen Zügel. Das Fell des Rappschimmels glänzte dunkel vor Schweiß. Er rollte mit den Augen, schnaubte nervös und trat unentwegt von einem Huf auf den anderen. Daniel unterdrückte den Impuls, sein Pferd zurück in den Stall zu bringen und sich selbst noch ein Stündchen ins Bett zu legen. Irgendwie hatte er sich das Ganze etwas entspannter vorgestellt.

Immer wieder warf er einen prüfenden Blick in den Himmel. Über dem Reitinternat war orange leuchtend die Sonne aufgegangen, nur ein paar Schleierwolken zogen vorbei. Vögel zwitscherten und begrüßten den beginnenden Tag. Es hätte ein wunderschöner Morgen sein können – wären da nicht die lauten Rufe des Aufnahmeteams und die spürbare Anspannung wegen der bevorstehenden Dreharbeiten gewesen, die alle nervös und hektisch machte.

»Hey, pass auf, wo du hinläufst!«, rief Lissy einem Jungen zu, der – völlig in die Betrachtung der aufgestellten Scheinwerfer und Kameras versunken – gegen ihr Pferd geprallt war. Sie ritt einen kräftigen Holsteiner. Heiko, ihr Freund, saß im Sattel eines langbeinigen Fuchswallachs. Bente freute sich, dass Herr von Hohensee zwei passende Pferde für die beiden ausgewählt hatte.

»Seid ihr auch so aufgeregt?«, rief sie Lissy und Heiko zu.

Heiko schüttelte den Kopf und gähnte. Wie immer war er

die Ruhe selbst. Nicht mal, wenn er auf einem wildfremden Pferd saß und von Kameras umgeben war, konnte ihn das erschüttern. Lissy verzog das Gesicht zu einer verzweifelten Grimasse. »Und wie!«, rief sie zurück. »Ich hoffe, es geht bald los, sonst sterbe ich vor Aufregung!«

»Schauspieler sind auch nur Menschen«, brummte Heiko und gähnte noch einmal.

Lissy schüttelte den Kopf.

»Junge, Junge …« Karlchen hinkte auf einem Bein und stöhnte. Auf ihrem Stiefel war deutlich der Abdruck von Schnutes Huf zu sehen. Der Fuß selbst tat ziemlich weh. Karlchen war froh, dass sie durch das Leder des Reitstiefels nicht sehen konnte, wie er sich langsam grün und blau verfärbte. Sie spürte, dass er anschwoll; es puckerte und pochte. »Du, sag mal«, wandte sie sich an Bente. »Hast du zufällig was zu trinken dabei? Ich komme um vor Durst!« Sie zog Schnutes Sattelgurt nach, ließ die Steigbügel runter und saß auf. Wenn sie im Sattel saß, konnte sie den Fuß entlasten; das war angenehmer, als noch länger rumzustehen. »Ein kleiner Happen zu futtern wär auch nett. Mein armer Magen ist ganz durcheinander.« Sie durchwühlte die Taschen ihrer Reithose, aber außer den Krümeln eines Pferdeleckerlis war nichts Essbares zu finden. Bei der Wärme konnte Karlchen – entgegen ihrer sonstigen Gewohnheit – leider keine Lebensmittelvorräte mit sich führen. Erst vor ein paar Tagen war in ihrer Jeans ein Schokoriegel geschmolzen und hatte einen ziemlich hässlichen und nur schwer zu entfernenden Fleck hinterlassen. Karlchen seufzte tief.

»Reiß dich zusammen!«, zischte Bente ihr zu. Sie fasste

Flippis Zügel kürzer und saß ebenfalls auf. »Du wirst es wohl überleben, wenn du mal eine halbe Stunde nichts isst.« Sie schüttelte den Kopf und stopfte eine widerspenstige Locke zurück unter den Reithelm. »Wie kannst du jetzt überhaupt ans Essen denken?«

»Karlchen denkt doch nie an was anderes.« Kiki grinste breit. »Das wissen wir doch alle.« Sie ließ ihren Blick über den Schlosshof wandern. Herr von Hohensee ging zwischen den Pferden hin und her, gab Tipps und Ratschläge und versuchte, Ruhe auszustrahlen. Obwohl er nicht mitritt, konnte man sehen, dass er genauso nervös und verschwitzt war wie seine zwei- und vierbeinigen Schützlinge.

Kikis Blick fiel auf Patrick. Seit dem blöden Streit wegen Henning Sandborg hatte sie ihren Freund nicht mehr gesehen. Er fing ihren Blick auf und lenkte seinen Isländer in ihre Richtung. »Hi!«, rief er ihr zu.

Kiki überlegte, ob sie sich freuen oder ärgern sollte, ihn zu sehen, als er und sein Schecke schon neben Torphy standen.

»Ich hab vorhin mit Marlies gesprochen, der Maskenbildnerin«, erzählte er. »Sie hat mir etwas sehr Interessantes über deinen Sandborg erzählt!«

Kiki starrte Patrick an.

»Über meinen Sandborg?«, fragte sie.

Patrick nickte und beugte sich in Snorris Sattel vor. »Es wird dich sicher verletzen«, sagte er grinsend, »aber der Typ ist …«

»Verheiratet«, fiel Kiki ihm lachend ins Wort. »Ich weiß. Er hat's mir selbst erzählt!«

Patrick riss die Augen auf. »Echt?«

Kiki wendete Torphy und ließ Patrick und Snorri stehen.

»Er ist verheiratet und hat zwei kleine Kinder«, rief sie über die Schulter zurück. »Na und?«

»Das gibt's doch gar nicht«, murmelte Patrick. Er legte die Schenkel an und beeilte sich, sie einzuholen. »Hey, bist du sauer auf mich?«, fragte er mit Unschuldsmiene.

Kiki musterte ihn von Torphys hohem Rücken herab, ohne ein Wort zu sagen.

»Ja, eindeutig. Du bist sauer. Stinksauer sogar.« Patrick legte die Stirn in Falten. Er sah aus wie ein bedrückter Cockerspaniel. »War blöd von mir, ich weiß. Entschuldige.«

Ein leichtes Zucken umspielte Kikis Mundwinkel. Patrick sah richtig süß aus. So zerknirscht hatte sie ihn lange nicht gesehen. Sie beschloss, ihn noch etwas zappeln zu lassen, und drehte den Kopf zur Seite, als hätte sie ihn vergessen.

Patrick lenkte Snorri um Torphy herum und baute sich auf Kikis anderer Seite wieder auf. »Hey, du«, sagte er. »Sprichst du nicht mehr mit mir? Sag doch mal was!«

»Wie bitte?« Kiki schenkte ihm ein klitzekleines Lächeln. »Sorry, ich war mit meinen Gedanken gerade woanders.«

Patrick nahm seinen Reithelm ab und raufte sich die Haare. »Mensch, Kiki«, stöhnte er. »Was soll ich denn tun?« Plötzlich erhellte sich sein Gesicht. Ohne zu zögern, legte er seinem Pferd die Zügel auf den Hals, zog die Beine an und stellte sich in den Sattel. Kiki hielt die Luft an. Snorri blieb wie ein Denkmal stehen. Patrick legte sich beide Hände aufs Herz und rief mit schmachtender Stimme: »Hiermit entschuldige ich mich in aller Form für mein blödes Benehmen und meine Eifersucht. Verzeihst du mir, holde Maid?«

Ein paar Umstehende wurden aufmerksam. Lissy und Heiko lachten.

Kiki spürte, dass sie rot wurde. »Hör sofort auf damit!«, sagte sie laut, und etwas leiser: »Ja, ich verzeihe dir!«

»Patrick! Setz dich gefälligst wieder anständig hin!«, rief Herr von Hohensee. »Hast du einen Sonnenstich?«

»Nee!«, rief Patrick zurück. »Mir geht's gut: Ich bin verliebt!«

Er ließ sich zurück in den Sattel gleiten, lobte sein Pferd und strahlte Kiki an. Die zeigte ihm einen Vogel und lachte.

Rebecca und Daniel hatten von der kleinen Showeinlage nichts mitbekommen. Seite an Seite saßen sie in den Sätteln ihrer Pferde und unterhielten sich. Wie immer, wenn sie so nah beieinanderstanden, waren Karfunkel und Mystery entspannt und zufrieden. Die Stute rieb ihren Kopf an Mysterys Schulter und prustete. Rebecca strich ihr über den Hals.

»Wenn's nicht bald losgeht«, meinte Daniel, »kriegen wir einen auf die Mütze.« Er zeigte zum Horizont. »Das Wetter schlägt um.«

Rebecca folgte seinem Blick. Von Westen her näherten sich immer mehr Wolken. Sie schienen sich über dem Meer zusammenzuballen. Kein Windhauch regte sich. Die Luft war schwül und stickig. »Du hast recht. Da braut sich was zusammen«, erwiderte sie. »Aber bestimmt dauert's noch ein Weilchen, bis die Wolken hier sind. Bis dahin sind wir längst fertig.«

»Hoffentlich«, brummte Daniel. Er nahm die Zügel in eine Hand und klopfte Mystery. »Wir beide mögen keine Gewitter.«

Rebecca wusste, worauf ihr Freund anspielte. Vor ein paar Monaten waren er und sein Hengst während eines Ausritts von einem Unwetter überrascht worden und schwer verunglückt.

»So schlimm wird's schon nicht werden«, sagte sie. »Und außerdem bin ich in deiner Nähe. Ich pass schon auf, dass dir und deinem Goldstück nichts zustößt.«

»Das beruhigt mich«, grinste Daniel. Er warf einen letzten skeptischen Blick auf die Wolkenwand und ritt hinter Rebecca her.

Als sie die anderen erreichten, unterhielt Karlchen sich angeregt mit Steven, der wie sie in der Ponyabteilung ritt.

»Logo, dass Snude und Wilhelmine nebeneinandergehen müssen«, sagte Karlchen gerade. »Am besten ganz vorne. Norweger sind sehr telegene Pferde.«

Steven saß im Sattel einer runden Norwegerstute und schmunzelte. Seine Wilhelmine und Karlchens Schnute sahen sich nicht nur unglaublich ähnlich – sie mochten sich auch sehr. Schnute stellte es gerade unter Beweis, indem er Wilhelmines Fell beknabberte. Sie antwortete mit einem genüsslichen Grunzen.

Von hinten näherte sich ein schwarzer Friese, der von einem Jungen geritten wurde.

»Hi, Sven!«, rief Bente.

Sven parierte seinen Rappen neben Flippi durch und musterte Bente von Kopf bis Fuß. »Wow, du siehst echt gut aus«, sagte er bewundernd.

Bente trug ein weinrotes T-Shirt zu ihrer weißen Reithose und den blank gewienerten Stiefeln; ihre halblangen Haare hatte sie zu einem dicken Zopf geflochten und sogar ein bisschen Lipgloss aufgetragen. Schließlich kam man nicht jeden Tag ins Fernsehen.

»Ach«, winkte sie ab. »Nicht anders als sonst auch.«

Svens Wangen wurden zartrosa.

In diesem Moment kam Bewegung in die Wohnwagenstadt des Fernsehteams. Autotüren wurden geöffnet und wieder zugeschlagen, Rufe und Gelächter erklangen. Mit lautem Getöse sprang ein Generator an. Die aufgebauten Scheinwerfer strahlten grell auf und erloschen wieder.

»Ich glaub, es geht los!«, rief Patrick den anderen zu.

Von irgendwoher kam eine elektronisch verzerrte Stimme: »Darf ich um eure Aufmerksamkeit bitten? Ruhe bitte!«

Gespräche verstummten, Hälse wurden gereckt; ein Pferd wieherte, ein anderes antwortete.

Kiki stellte sich in die Steigbügel, um besser sehen zu können. Sie konnte Lutz Lauenstein erkennen, der auf einem Mauervorsprung stand und sich ein Megafon vor den Mund hielt. Er drückte auf einen Knopf und wollte etwas sagen. Ein schrilles Pfeifen hallte über den Platz. Mystery legte die Ohren an. Karfunkel schlug unruhig mit dem Schweif. Schnute und Wilhelmine drängten sich aneinander und schnaubten.

»So geht das nicht!«, polterte Herr von Hohensee los. Er bahnte sich entschlossen einen Weg durch die Pferde und schritt auf den Regisseur zu. »Schalten Sie das Ding aus! Sie machen mir ja die Pferde scheu!«

Herr Lauenstein ließ das Megafon sinken. »Wie bitte?«

»Die Geräusche, die Sie produzieren, sind für sensible Pferdeohren nicht geeignet!«, rief der Reitlehrer ihm zu.

Der Regisseur war so verblüfft, dass es ihm die Sprache verschlug. Er ließ die Hand mit dem Megafon sinken und starrte den wutschnaubenden Reitlehrer an.

»Geht doch!« Herr von Hohensee baute sich vor Lauenstein auf, verschränkte die Arme vor der Brust und musterte abwechselnd ihn und das Megafon. »So ist es schon viel besser. Wir wollen doch nicht, dass die Pferde durchgehen.«

»Äh, nein, natürlich nicht.« Herr Lauenstein holte Luft.

Herr von Hohensee beugte sich ein wenig vor und sagte vorwurfsvoll: »Pferde haben ein sehr feines und ausgeprägtes Gehör. Dieses Ding da …«, er deutete mit dem Zeigefinger auf das Megafon, als wäre es ein schädliches Insekt, »diese … diese Krachtüte ist nicht das geeignete Mittel, um sich in einer Reitabteilung Gehör zu verschaffen.«

Herr Lauenstein hatte sich wieder gefangen und sagte: »Ich bitte um Entschuldigung. Ich bin mit den Besonderheiten des Hörvermögens von Pferden nicht vertraut.« Er reichte Steffi das Megafon.

Herr von Hohensee nickte zufrieden.

»Wir fangen an!«, rief der Regisseur und warf einen Blick in sein Skript.

Die Kamerafrauen und -männer schulterten ihre Geräte und nahmen unter Kuddels Anweisungen an den markierten Punkten Aufstellung. Auch die Leute vom Ton schleppten ihre Aufnahmegeräte, Mikrofone und die langen Angeln, an denen die Mikrofone aufgehängt wurden, zu den vorgesehenen Plätzen.

Im Nu hatte sich die Crew verteilt und bereitete sich an ihren Standorten auf die einzelnen Aufgaben vor. Obwohl

Witze hin und her gerufen wurden und laut gelacht wurde, lief alles sehr ruhig und routiniert ab.

»Und wo sind nun die ganzen Stars?«, fragte Karlchen. »Ich hab noch keinen einzigen Schauspieler gesehen.«

Bente nickte. »Stimmt, du hast recht.«

»Ich glaub, die werden noch geschminkt.« Kiki wandte sich im Sattel um. »Seht mal da!« Sie zeigte auf ein auffälliges Wohnmobil. »Da steht ›Maske‹ drauf.«

»Cool!«, rief Karlchen. »Ob wir auch geschminkt werden?«

»Klar, dein zartes Näschen wird bestimmt noch unter einer Packung Puder verschwinden«, lachte Rebecca. »Sonst ist dein Riechorgan nachher das Einzige, was man von dir zu sehen bekommt!«

Karlchen fasste sich an die Nase und machte ein entsetztes Gesicht. »Findest du, sie ist zu groß?«

»Natürlich nicht«, entgegnete Rebecca trocken. »Aber du solltest deinen Reithelm trotzdem nicht ganz so tief ins Gesicht ziehen. Sonst sieht man später im Fernsehen wirklich nichts von dem hübschen Rest.«

»Wenn du meinst.« Karlchen schob ihren schwarzen Helm, den sie zum Schutz gegen die Sonne tief in die Stirn gezogen hatte, ein Stück zurück. »Besser so?«

»Viel besser«, antwortete Steven an Rebeccas Stelle. »Ich finde deine Nase niedlich. Du musst sie echt nicht verstecken.«

Karlchen schenkte ihm ein beglücktes Lächeln.

Herr Lauenstein klatschte in die Hände, um sich wieder Gehör zu verschaffen. »So, Herrschaften, Film ab! Bitte reitet ein Stück die Landstraße entlang und nehmt auf dem brachliegenden Feld Aufstellung!« Mit dem Arm beschrieb er einen weiten Bogen. »Benehmt euch bitte ganz normal, als würdet ihr zu einem Ausritt aufbrechen, und bekommt keinen Schreck: Wir lassen die Kameras schon mitlaufen, um ein paar Einstellungen vorzunehmen.« Er wedelte mit dem Drehbuch in der Luft. »Das sind noch nicht die richtigen Aufnahmen, verstanden? Wenn es so weit ist, geb ich euch Bescheid. Ach, noch was: Tut mir einen großen Gefallen.« Er ließ das Drehbuch sinken und musterte die Abteilung eindringlich. »Schaut niemals – ich wiederhole – schaut niemals in eine laufende Kamera! Wenn ihr ein rotes Licht seht, guckt woandershin, okay? Seid einfach ihr selbst und vergesst, dass wir da sind und euch filmen!« Er stieß einen Seufzer aus und wischte sich mit dem Taschentuch den Schweiß von der Stirn.

»Machen Sie sich mal locker!«, rief Karlchen ihm zu. »Wir machen das schon!« An ihre Freundinnen gewandt brummte sie: »Rote Lämpchen, so ein Schwachsinn! Für wie doof hält der uns eigentlich? Wir sind doch keine pawlowschen Affen, dass wir auf irgendwelche roten Lämpchen fixiert sind!«

»Es waren keine Affen, Karlchen«, sagte Rebecca sanft, während sie die Zügel ihres Pferdes aufnahm. »Iwan Pawlow, ein russischer Physiologe, hat seine beeindruckenden Experimente zur Reizauslösung mit gewöhnlichen Hunden gemacht. Er hat festgestellt, dass allein der Anblick von Speisen Magensekretion auslöst. Für die Entdeckung dieser bedingten Reflexe im Zentralnervensystem hat er 1904 den Nobelpreis bekommen. Man spricht daher auch von pawlowschen Hunden. Hunde eben, die auf bestimmte visuelle Reize mit vermehrtem Speichelfluss reagieren.«

Karlchen blieb der Mund sperrangelweit offen stehen. Kiki und Bente starrten Rebecca an. Lissy prustete laut los.

»Wahnsinn, ein reitendes Lexikon!«, stieß sie kichernd hervor. »Hat dir schon mal jemand gesagt, dass du dich unbedingt bei ›Wer wird Millionär?‹ bewerben solltest?«

Bente zwinkerte Karlchen zu.

»Los, komm, du pawlowsches Karlchen«, sagte sie zu ihr. »Und bleib immer schön in unserer Nähe, hörst du? Sonst siehst du vor lauter roten Lichtern den Weg nicht mehr, starrst womöglich in eine laufende Kamera und fängst noch an zu sabbern wie die armen Hunde von Herrn Pawlow.«

Karlchen legte die Schenkel an und ließ Schnute vorwärtsgehen. »Wer noch ein einziges Mal diesen bescheuerten Namen erwähnt, bekommt es mit dem pawlowschen Karlchen höchstpersönlich zu tun!«

»Hey, Pawlowchen!«, rief Steven hinter ihr her. »Warte!«

Er gab Wilhelmine die Zügel lang und holte zu Karlchen auf. Lachend trabten sie wenig später Seite an Seite über die alte Schlossbrücke.

11

Zum dritten Mal hintereinander preschte die Abteilung an diesem frühen Morgen im Galopp über einen Acker. Die Pferdehufe rissen die trockene Erde auf. Dicke Brocken flogen in alle Richtungen. Alle, Pferde und Reiter, waren in eine dicke Staubwolke gehüllt. An der Spitze lief ein falbfarbenes, rundliches Kleinpferd und buckelte ausgelassen: Schnute. Karlchen wusste nicht, ob sie lachen oder schimpfen sollte, und tat beides gleichzeitig.

Einige Reiter erinnerten sich an ihren Auftrag und winkten hektisch in eine unbestimmte Richtung. Auf der Landstraße neben dem Feld stand ein knallroter, offener Sportwagen. Ein gut aussehender junger Mann lehnte am Zaun und winkte zurück. Als die Staubwolke auf ihn zukam und ihn und den Lack des Wagens bedeckte, ertönte ein lauter Schrei: »Schnitt! Verdammt noch mal! Wo kommt dieser ganze Staub her? Kann man das nicht abstellen?«

Kiki hielt sich eine Hand vors Gesicht und hustete. Ihre Augen brannten, ihr Hals kratzte, sie schwitzte – es war unerträglich! Sie parierte Torphy durch und warf einen Blick zur Seite. Sie war nicht die Einzige, die litt. Alle waren erschöpft und von den ständigen Wünschen des Regisseurs und den Wiederholungen genervt. Eine eklige, klebrige Schicht aus Schweiß und Staub tat ein Übriges, um die ehemals frische und saubere Abteilung reichlich mitgenommen aussehen zu lassen.

Schnute vollführte einen letzten übermütigen Buckler und drehte sein breites Hinterteil abrupt in Richtung Kamera, als wollte er auf diese Weise zeigen, was er von der ganzen Angelegenheit hielt. Karlchen hatte keine Kraft mehr, sich festzuhalten. In hohem Bogen flog sie über den Kopf ihres Ponys und landete in einer Ackerfurche. Während sie sich mühsam aufrappelte und versuchte, Schnute mit wütenden Blicken zur Vernunft zu bringen, fluchte sie halblaut vor sich hin.

Lissy verstand etwas, das wie »Trinken, essen, duschen, schlafen und nie wieder in einem bescheuerten Film mitspielen – und zwar genau in dieser Reihenfolge!« klang. Sie grinste schwach.

»Oh ja, ein eiskaltes Getränk und eine lauwarme Dusche«, seufzte sie. »Das wär schön!«

»Und weit und breit kein Filmteam«, fügte Bente verträumt hinzu.

»Nie wieder endlose Wiederholungen, laufende Kameras, blendende Scheinwerfer und schreiende Regisseure«, stöhnte Heiko. »Wieso haben wir uns eigentlich auf diese beknackte Aktion eingelassen?«

Alle Köpfe wandten sich Kiki zu.

»Unser kleiner Star wollte unbedingt zum Film«, zischte Rebecca giftig, »und eine Rolle an der Seite von Herrn Sandborg spielen.«

»Genau! Es ist alles Kikis Schuld!« Bente stützte die Hände

auf Flippis Widerrist. Sie sah aus wie ein müder Cowboy nach einem anstrengenden Viehtrieb.

»Und jetzt hängen wir alle mit drin«, schnaufte Karlchen, während sie wieder auf Schnutes breiten Rücken kletterte. »Junge, nej, wenn ich das vorher gewusst hätte.« Sie fuhr Schnute mit einer Hand über den Hals und schimpfte ein bisschen auf Dänisch, bevor sie einen Finger hob und auf Deutsch fortfuhr: »Ich sag euch was: Lieber fünf Stunden Mathe hintereinander als fünf Minuten Statist beim Fernsehen!«

»38/3, die Vierte!«, blökte in diesem Augenblick die mäkelige Stimme des Regisseurs übers Feld. Herr Lauenstein hatte sich wegen der Entfernung nun doch für den Gebrauch des Megafons entschieden. Die Pferde waren inzwischen zu müde, um sich davon beeindrucken zu lassen. »Bitte, Herrschaften, jetzt muss es aber klappen! Reißt euch zusammen und bleibt beieinander! Vergesst das Winken nicht!« Er ließ das Megafon sinken, hob es aber gleich noch einmal an den Mund. »Und lächelt bitte!«, rief er mit Verzweiflung in der Stimme. »Auch wenn euch nicht danach ist: Lächelt und tut so, als hättet ihr eine Menge Spaß!«

Die Abteilung stöhnte geschlossen auf, wendete die Pferde und ritt im Schritt auf die Markierung am anderen Ende des Feldes zu.

Henning Sandborg stieg in das Cabriolet und winkte Kiki und den anderen kurz zu, bevor er den Motor startete. Als er seine Position eingenommen hatte, gab er dem Aufnahmeteam ein Handzeichen.

»Klappe!«, rief Lutz Lauenstein.

Die Aufnahmeleiterin hob eine schwarz-weiße Klappe über den Kopf. »38/3, die Vierte!«, rief sie laut und schlug die Klappe zusammen. »Film ab!«

»Film läuft!«, rief Kuddel zurück.

»Ton läuft!«, schloss sich eine Tontechnikerin an.

»Tut so, als hättet ihr eine Menge Spaß«, knurrte Karlchen. »Bei dem piept's wohl!« Sie warf dem Regisseur einen grimmigen Blick zu – es war ihr egal, ob das rote Lämpchen leuchtete oder nicht – und streckte ihm die Zunge raus. »Wir können ja mal tauschen, du Giftzwerg! Ich setz mich in deinen bequemen Stuhl und du hoppelst mit Snude über den Acker!«

»Karlchen!«, entfuhr es Bente erschrocken.

»Ist doch wahr!«, grummelte Karlchen. »Am liebsten würde ich ihn zu Fuß vor mir herscheuchen! Gibt's denn kein Gesetz, das angemessene Pausen für Statisten vorsieht? Ich fall vom Pferd, wenn ich nicht bald was zu essen und zu trinken kriege!«

»Du bist bereits vom Pferd gefallen«, erinnerte sie Rebecca. »Und jetzt halt die Klappe und mach ein fröhliches Gesicht. Es geht los!«

»Die reinste Kinderarbeit ist das hier«, meckerte Karlchen unbeirrt weiter, während sie gequält lächelte und so tat, als hätte sie eine Menge Spaß. »Müssen wir die ausgefallenen Vormittagsstunden eigentlich nachholen?«

»Worauf du Gift nehmen kannst«, stieß Bente zwischen zusammengebissenen Zähnen hervor. Ihr Lächeln wirkte gequält und kein bisschen natürlich. »Da kennt die Pauli kein Pardon.«

Wieder galoppierte die Abteilung über das Feld. Die Mädchen und Jungen stellten sich in die Steigbügel und winkten. Sandborg winkte zurück und fuhr den Porsche an den Straßenrand. Er hielt an, stieg aus und winkte noch einmal. Die Reiterinnen und Reiter verschwanden hinter einer Biegung.

»Und Klappe!«, schrie Lutz Lauenstein so laut, dass man ihn sogar ohne Megafon hören konnte. »Ja, das war gut! So wollte ich es haben! So hatte ich mir die Szene vorgestellt, genau so!« Er stand auf, klatschte in die Hände und sprang mit einem Satz über den Zaun. »Das war perfekt! Schnitt, Klappe, Ende, aus! Das war's, Leute! Danke schön!«

»Das war's?«, fragte Lissy verblüfft.

Der Regisseur breitete die Arme aus und stapfte übers Feld auf die Abteilung zu. »Super! Vielen Dank!«, rief er schon von Weitem. »Die Szene ist im Kasten!«

»Ich kann's kaum glauben.« Rebecca ließ sich von Karfunkels Rücken gleiten, löste Kinn- und Kehlriemen und lockerte den Sattelgurt. Mit der flachen Hand fuhr sie unter das Sattelblatt. Karfunkel hatte geschwitzt. Es wurde höchste Zeit, dass sie und die anderen Pferde Wasser, Schatten und ihre wohlverdiente Ruhe bekamen.

Ihre Freundinnen machten es ihr nach, saßen ab und befreiten ihre Vierbeiner so weit wie möglich von dem verschwitzten Lederzeug. Flippi rieb ihren Kopf an Bentes weißer Hose und gähnte herzerweichend.

»Ja, meine Süße«, raunte Bente ihr zu. »Gleich kannst du dich ausruhen.«

»Und wir auch.« Heiko hatte seinem Pferd den Sattel abgenommen und legte sich das schwere Stück über den Arm.

Patrick und Daniel kamen mit ihren Pferden heran.

»Wir reiten zurück«, erklärte Patrick. »Auf die paar Meter kommt's jetzt auch nicht mehr an, oder?«

»Ich reite heute keinen Meter mehr«, stöhnte Lissy und streckte sich.

Kiki schloss sich ihr an: »Nee, ich auch nicht. Wir sehen uns später.«

»Momentchen! Wartet bitte!«, rief Herr Lauenstein, als die Abteilung sich langsam auflöste. »Wir haben auf dem Schlosshof ein Zelt aufgebaut. Es gibt eisgekühlte Getränke, ein großes Büfett und alles, was –«

Der Rest seiner Worte ging in lautem Jubel unter. Die Mädchen und Jungs, die noch nicht abgestiegen waren, wendeten ihre Pferde und ritten – allen voran Patrick und Daniel – auf schnellstem Weg in Richtung Schloss. Die anderen schulterten ihre Sättel, schnappten sich die Zügel und marschierten zu Fuß hinterher. Wenig später stand Herr Lauenstein einsam und verlassen auf dem leeren Feld, kratzte sich am Kopf und lachte. »Na, so eine Bande!«

12

Karlchen ging schon zum sechsten Mal ans Büfett, um sich den Teller mit Köstlichkeiten zu füllen. Sie fühlte sich wie im Schlaraffenland. Alles sah so lecker aus, als würde es nur darauf warten, von ihr verputzt zu werden.

»Bring mir noch was von dem leckeren Krabbensalat mit!«, rief Bente quer durchs Zelt. Sie leckte sich die Fingerspitzen ab. »Der ist so was von göttlich.«

»Für mich bitte ein Schälchen Erdbeeren!«, rief Lissy. »Aber mit viel Sahne!«

Karlchen deutete auf ihren fast überquellenden Teller. »Das kann ich nicht alles auf einmal tragen!«, rief sie zurück.

»Dann gehst du eben zweimal«, schlug Rebecca vor. Sie stand neben Karlchen und konnte sich nicht entscheiden, ob sie gebratenes Hähnchen oder doch lieber Gemüse in Blätterteig nehmen sollte. Kurz entschlossen legte sie beides auf den Teller und kehrte zu ihrem Tisch zurück.

Kiki, Karlchen, Bente, Rebecca und ihre Freunde hatten gute Plätze an einer langen Tafel in der Mitte des großen Zeltes gefunden – zu Karlchens Freude in unmittelbarer Reichweite zum Büfett.

Bevor sie das Büfett gestürmt hatten, hatten sie natürlich

ihre Vierbeiner versorgt und auf die Weide entlassen. Das Fernsehteam hatte eine große Ladung frischer Karotten und Äpfel spendiert, während die zweibeinigen Statisten mit Leckerbissen anderer Art verwöhnt wurden.

»Daran könnte ich mich glatt gewöhnen.« Heiko rieb sich zufrieden den Bauch.

»Sag nicht, dass du für ein Büfett noch einmal Statist spielen würdest«, stichelte Lissy. »Hast du den Stress schon vergessen?«

»Ich schon«, mümmelte Karlchen. »War doch alles halb so schlimm.«

Rebecca warf ihr einen prüfenden Blick zu.

»In-te-res-sant«, sagte sie, jede Silbe einzeln betonend. »Eine weitere Eigenschaft des pawlowschen Karlchens scheint, neben der übermäßigen Nahrungsaufnahme, die Verdrängung unangenehmer Erinnerungen zu sein. Das ist bemerkenswert. Ich muss es mir gleich notieren.«

Karlchen grinste und warf ihr ein Radieschen an den Kopf.

Rebecca hob es auf und zerbiss es. »Danke, sehr aufmerksam.«

»Störe ich?« Eine dunkle Stimme ließ die Freundinnen herumfahren. Henning Sandborg stand hinter ihnen und grinste.

Rebecca verschluckte sich an ihrem Radieschen und bekam prompt einen Hustenanfall. Lissy schlug ihr hilfsbereit auf den Rücken, während sie den berühmten Schauspieler mit großen Augen anstarrte.

»Kein bisschen«, strahlte Kiki. »Setz dich!« Sie rutschte ein

Stück an Patrick heran und machte einen Platz frei. Patrick nutzte die Gelegenheit, ihr einen Arm um die Schultern zu legen. Kiki lehnte sich gegen ihn.

»So sieht also das Leben in einem Internat aus«, lächelte Herr Sandborg. »Ich glaube, ich muss es mir noch mal ernsthaft überlegen, ob ich meine Kinder wirklich hierherschicken soll. So etwas wie Schulunterricht scheint es hier nicht zu geben. Oder lernt ihr zwischendurch auch mal was Anständiges? Mathe, Latein, Chemie zum Beispiel?«

»Nee, wir machen das jeden Tag so«, sagte Karlchen kauend. »Zuerst reiten wir, bis wir nicht mehr können, danach essen wir, bis wir platzen, und dann gehen wir ins Bett. Die Lehrer machen's genauso.« Sie zeigte auf einen Nachbartisch, an dem Dr. Paulus mit dem Lehrerkollegium saß und sich unterhielt. »Zensuren gibt's hier nur fürs Reiten, Essen und Schlafen. Klasse, was?«

»Ja, echt klasse«, lachte der Schauspieler. Er sah Kiki an. »Ich bin eigentlich gekommen, um mich zu verabschieden. Heute war unser letzter Drehtag. Wir sind mit den Außenaufnahmen fertig.«

»Schade«, sagte Kiki traurig. Die anderen nickten. Wenn das Filmteam weg war, fing der öde Internatsalltag wieder an. Trotz der Strapazen war es echt spannend gewesen!

»Ich möchte mich im Namen der Crew bei euch bedanken«, sagte Henning Sandborg. »Für uns war es etwas Besonderes, hier gewesen zu sein. Wir werden euch bestimmt nicht vergessen. Dafür sorgen schon die Filmaufnahmen, in denen ihr verewigt seid.« Er lachte. »Und wer weiß? Vielleicht kommen wir im nächsten Jahr wieder und drehen noch mal ein paar Szenen? Wenn ›Die Klinik am Meer‹ weiter so gut läuft, gibt es sicher eine Fortsetzung.«

»Wow!«, entfuhr es Lissy. »Das wär cool! Aber sagen Sie bitte rechtzeitig Bescheid, damit Heiko und ich wieder mit dabei sein können. Und unsere Freunde von der Heidehof-Clique auch. Die sind bestimmt total enttäuscht, wenn sie hören, was sie alles verpasst haben.«

Herr Sandborg versprach, sich rechtzeitig zu melden.

»Wann kommen wir überhaupt ins Fernsehen?«, erkundigte sich Heiko. »Wissen Sie schon, wann die Folge gesendet wird?«

»Da müsst ihr noch ein bisschen Geduld haben«, erwiderte Sandborg. »Die Folge läuft erst im Herbst. Aber ihr erfahrt es, wenn es so weit ist. Keine Angst, wir denken an euch.«

»Wir aber auch an Sie«, meinte Karlchen. Sie schlug mit der flachen Hand auf den Tisch, dass die Teller klirrten, und kicherte. »Ganz besonders an diesen ollen Giftzwerg. Meine Güte, wie der mit dem Megafon rumgewedelt und die Pferde scheu gemacht hat! Nej, das vergess ich im Leben nicht!«

»Das freut mich.« Herr Lauenstein war an den Tisch getreten und hatte Karlchens letzte Worte gehört.

»Ähm«, machte Karlchen und: »Oha!« Sie wurde knallrot.

Bente hielt die Luft an. Kiki und Rebecca unterdrückten mühsam einen Lachanfall.

»Darf ich mich setzen?«, fragte Herr Lauenstein schmunzelnd. »Oder ist der olle Giftzwerg unerwünscht?«

Natürlich durfte er sich setzen. Karlchen erbot sich sogar höchstpersönlich, ihm etwas besonders Leckeres vom Büfett zu holen. Der Regisseur lehnte lachend ab.

»Vielen Dank«, sagte er, »aber wenn ich noch mehr esse, besteht die Gefahr, dass ich morgen nicht mehr in meine Hose passe. Und ein Regisseur, der seine Hose nicht mehr zubekommt, ist kein schöner Anblick, das kann ich euch versichern. Da hilft auch kein Megafon.«

Alle lachten. Karlchen fand den »ollen Giftzwerg« aus der Nähe betrachtet doch ganz nett. Wenigstens nach Drehschluss schien er Humor zu haben.

Der Tag war schon fast vorüber, als die meisten der Mädchen und Jungen endlich ins Schloss zurückkehrten. Ein paar von ihnen gingen noch einmal zu ihren Pferden, um nachzuschauen, ob alles in Ordnung war. Lissy und Heiko waren zu ihrem Zelt gegangen, um es abzubauen und ihre Sachen zu packen.

Sie hatten noch lange mit den Fernsehleuten zusammengesessen, sich unterhalten und viel gelacht. Unter dem Beifall ihrer Schüler hatte Dr. Paulus Herrn Lauenstein in die Hand versprechen müssen, dass die durch die Dreharbeiten ausgefallenen Schulstunden »auf keinen Fall und nie und nimmer« nachgeholt würden.

Schließlich nahte der Abschied. Das Büfett wurde abgebaut. Die Utensilien der Crew waren längst in den Wagen verstaut. Alles war zur Abfahrt bereit.

Steffi überreichte Bente eine Videokassette mit den »privaten Aufnahmen vom Fluss«, wie sie augenzwinkernd sagte.

Bevor er in seinen Wagen stieg und noch einmal versprach, wiederzukommen, wann immer er in der Nähe wäre, verteilte Henning Sandborg ein paar Autogrammkarten zur Erinnerung.

Kikis Autogramm bekam eine ganz persönliche Widmung.

»Zeig mal her«, verlangte Bente sofort. Mit langem Hals versuchte sie, über Kikis Schulter einen Blick auf den Text zu werfen. Patrick machte fast Stielaugen, um zu sehen, was Sandborg geschrieben hatte.

Kiki schüttelte den Kopf und ließ die Karte im Ausschnitt ihres T-Shirts verschwinden.

»Seid nicht so neugierig«, lächelte sie. »Ihr benehmt euch ja wie die Babys.«

Als die Kolonne der Filmfahrzeuge vom Hof rollte, blieb sie stehen und winkte noch, als schon lange nichts mehr zu sehen war.

»Kommst du?«, fragte Patrick vorsichtig.

Kiki drehte sich um. »Klar.«

Gemeinsam mit Patrick und den anderen schlenderte sie über den stillen Schlosshof und durch den Park zu den Pferdekoppeln. Lissy und Heiko kamen ihnen entgegen. Leichter Wind war aufgekommen und ließ das trockene Laub der Bäume leise rascheln. Am Himmel hingen Wolkenfetzen.

»Ob's wohl noch Regen gibt?«, fragte Rebecca. Genau in diesem Moment war ein leises, noch weit entferntes Grollen zu hören.

»Ja, ja, wenn man nur vom Regen spricht«, sinnierte Karlchen, »kommt auch schon das Gewitter.«

Bente stieß ihr einen Ellenbogen in die Seite. »Stammt das von deiner Oma?«, fragte sie. »Oder ist das eine dänische Bauernweisheit?«

Karlchen wiegte den Kopf. »Tja, wer weiß das schon so genau?«, sagte sie verschmitzt. »Auf jeden Fall hab ich eben einen Tropfen abgekriegt!« Sie hob das Gesicht und machte den Mund auf, um die ersten spärlichen Tropfen aufzufangen.

»Ah, Regen!«, rief Kiki. Sie breitete die Arme aus. »Endlich!«

Der Wind wurde heftiger, aus dem zaghaften Tröpfeln wurde ein kräftiger Sommerregen.

»Gut, dass wir unser Zelt schon abgebaut haben«, meinte Heiko. Er gab Lissy einen Kuss auf die Nasenspitze. »Ich glaube, wir sollten gleich starten, bevor's noch schlimmer wird.«

Lissy nickte.

»Seht mal, wie die Pferde sich freuen!«, rief Bente plötzlich.

Die Herde trabte dicht am Zaun entlang. Köpfe und Schweife hoch erhoben, warfen sie die Hufe und schienen die Erfrischung zu genießen. Little Mystery wieherte und drehte ein paar Runden im Galopp. Als in weiter Ferne ein Donner krachte, zuckte er zusammen und suchte schnell Schutz bei seiner Mutter.

Auf der Hengstkoppel stand Mystery, sein Vater. Still wie ein Denkmal ließ der Rappschimmel sich Staub und Schweiß aus dem Fell waschen. Als ein greller Blitz über den Himmel zuckte, bäumte er sich auf und wieherte.

»Er sieht gar nicht so aus, als hätte er Angst«, wunderte sich Daniel. »Eher, als würde er das Gewitter herausfordern.«

»Klarer Fall von Hengstmanieren«, sagte Rebecca trocken.

Auch die Ponys tobten über ihre Weide. Schnute zog die Nase hoch und flehmte, als wollte er den Regen mit der Oberlippe auffangen.

»Ganz das Frauchen«, lachte Bente. »Die Ähnlichkeit ist verblüffend.«

Karlchen jagte sie bis zur Schlosstreppe. Außer Atem, aber glücklich, müde und zufrieden verabschiedeten sie sich von Lissy und Heiko, die in ihr Auto kletterten und hupend vom Hof fuhren.

»Bis bald!« Lissy winkte aus dem heruntergekurbelten Fenster.

»Bis bald!«, rief Bente. »Und bringt nächstes Mal die ganze Clique mit!«

»Versprochen!«, rief Lissy zurück.

Heiko hupte noch einmal, bevor der Wagen über die Schlossbrücke rollte und hinter einer Kurve verschwand.

Die anderen liefen ins Schloss und verteilten sich auf ihre Zimmer.

Während Rebecca duschte, nahm Kiki die Bilder von Henning Sandborg ab und stopfte sie in den Papierkorb.

»Nicht zu fassen«, sagte sie zu sich selbst, »wie blöd ich war!«

Sie zog ihr T-Shirt aus dem Hosenbund, nestelte die zerknitterte Autogrammkarte des Schauspielers heraus, strich sie glatt und legte sie auf ihren Schreibtisch. »Aber du bekommst trotzdem einen Ehrenplatz.«

Als Rebecca aus dem Bad kam, stutzte sie. »Wo sind die ganzen Bilder?«

Kiki deutete auf den Papierkorb.

»Bist du sicher?«, fragte Rebecca.

»Klar«, sagte Kiki. »Das ist vorbei.«

Rebeccas Blick fiel auf den Schreibtisch.

»Wow!«, machte sie. »Das ist aber was!«
»Find ich auch!« Kiki betrachtete die Widmung.

Für Kiki, ein ganz besonderes Mädchen.
Ich bin stolz darauf, dich zur Freundin zu haben.
Alles Liebe, dein Henning
PS: Ich freue mich schon auf die Fortsetzung!

»Das musst du unbedingt einrahmen!« Rebecca zog eine Schublade auf und nahm einen leeren Bilderrahmen heraus. »Hier, der müsste passen.«

Kiki steckte das Autogramm in den Rahmen. Es passte perfekt.

»So«, sagte sie zufrieden. »Und jetzt geh ich duschen!«

Als sie fertig war, stand Rebecca vor dem Terrarium und unterhielt sich mit ihren Schnecken.

»Ihr werdet mir nie verraten, warum ihr den weiten Weg von Spanien bis hierher auf euch genommen habt«, seufzte sie.

Kiki lachte. »Wie sollten sie?«

»Eben«, gab Rebecca zurück. »Mein Forschungsprojekt ist gescheitert. Ich hätte es wissen müssen.« Sie nahm ein Salatblatt, das sie vom Büfett stibitzt hatte, und setzte die Schnecken darauf. »Weißt du was? Ich lasse sie frei! Es wäre gemein, sie noch länger gefangen zu halten. Draußen regnet es so schön. Speedy, Juan und Carlos werden sich bestimmt freuen, wenn die Regentropfen auf ihre kleinen Fühler klopfen.«

Kiki verkniff sich ein Kichern über Rebeccas letzten Satz und ging zum Balkon, um Karlchen und Bente Bescheid zu sagen.

»Los, kommt rüber!«, rief sie durch die offene Tür. »Rebecca schenkt ihren Bauchfüßern die Freiheit!«

Mit einer kleinen Zeremonie, die wegen des unablässig auf die Kapuzen der Mädchen prasselnden Regens ziemlich kurz ausfiel, nahm Rebecca Abschied von ihren Schnecken.

»Macht's gut und passt auf euch auf«, sagte sie, als sie Speedy, Juan und Carlos ins nasse Gras setzte.

»Und lasst euch nicht von Snude fressen!«, gab Karlchen den Tieren als guten Rat mit auf den Weg.

Die anderen starrten sie entsetzt an. Karlchen zuckte mit den Achseln.

»Was guckt ihr so?«, fragte sie mit Unschuldsmiene. »Snude kommt aus Norwegen, und Norwegen hat eine karge Vegetation, wie jeder weiß. Damit die Fjordpferde ihren Proteinbedarf decken können, müssen sie manchmal auf ungewöhnliche Nahrungsreserven zurückgreifen. Wo ich herkomme, ist das ganz normal!«

»Karlchen, du spinnst«, sagte Rebecca kopfschüttelnd. »Pferde fressen keine Schnecken!«

»Pferde nicht«, erwiderte Karlchen. »Snude schon.«

Bente trat einen Schritt vor und fühlte ihr die Stirn. »Hm, Fieber hast du nicht.«

»Schnute frisst Schnecken?« Kiki schüttelte sich. »Igitt! Das ist ja eklig!«

»Ja, stimmt«, grinste Karlchen. »Eklig schon, aber gesund!«

Beruhigt stellte Rebecca fest, dass sie ihre Weichtiere in sicherer Entfernung zur Ponykoppel und Karlchens Fjordpferd ausgesetzt hatte.

»Bis die in die Nähe deines verfressenen Ponys kommen, ist Weihnachten«, seufzte sie. »Bei dem Schneckentempo, das sie draufhaben.«

»Gut möglich«, Karlchen drehte sich um und lief zum Schloss zurück, »aber zu Weihnachten frisst mein Snude besonders gerne Schnecken!« Sie verschwand hinter der Eingangstür und steckte noch einmal ihren Kopf heraus. »Allerdings nur welche aus Lakritz! Haha!«

Bente machte ein fassungsloses Gesicht. »Ponys fressen Lakritz?«

»Normalerweise eher nicht«, meinte Rebecca. »Bei Schnute halte ich es allerdings durchaus für möglich.«

Sie schüttelten ihre Jacken aus und betraten die Eingangshalle.

Kiki warf einen letzten Blick nach draußen, bevor sie die Tür schloss. Auf dem Hof glitzerten Pfützen, das Grün der Bäume sah aus wie frisch gewaschen. Die Hitzewelle war vorüber, das Filmteam weitergezogen, der Alltag hatte sie wieder.

»Eigentlich schade«, dachte sie seufzend. Nach all dem Trubel würde es in den nächsten Tagen im Schloss bestimmt todlangweilig werden. Obwohl, so ganz genau konnte man in einem Internat natürlich nie vorhersagen, was als Nächstes passieren würde. Schon gar nicht in einem Reitinternat wie Rosenberg.

Karlchen lief die Treppe hoch. Oben blieb sie stehen und

breitete die Arme aus. »Pyjamaparty!«, rief sie laut. »Wer macht mit?«

»Spendierst du uns ’ne Tüte Lakritzschnecken?«, fragte Bente.

»Na klar«, antwortete Karlchen. »Aber nur, wenn Snude noch welche übrig gelassen hat!«

Lissy

Jeder Band mit 128 Seiten
Je €/D 7,95
Preisänderung vorbehalten

Der Neue im Internat (1)
ISBN 978-3-440-12101-6

Allein ins Abenteuer (2)
ISBN 978-3-440-12102-3

Lissys Freundinnen Rebecca, Kiki, Karlchen und Bente haben im Reitinternat Rosenberg ein Zuhause gefunden, in dem sich fast alles nur um das dreht, was ihnen am liebsten ist: ihre Pferde! Erlebe mit ihnen viele spannende Abenteuer!

Halloween im Schloss (3)
ISBN 978-3-440-12122-1

Ein Fohlen für Rebecca (4)
978-3-440-12047-7

Rivalen auf Rosenberg (5)
978-3-440-12048-4

www.kosmos.de

Deine Lissy –
jeden Monat neu!
Stickeralbum + Lissy Magic Ponys
Sammle uns alle!
Lissy
www.lissy.de
Ein ♥ für Pferde
Mit tollen Extras!
Süßes Poster
Fohlen – einfach zum Knuddeln!
Tierreportage
Die Tiger kommen!
Stickeralbum
für deine süßen Magic Ponys-Sticker!
Sammle uns alle!
Lissy Magic Ponys
Teil
Überall, wo es Zeitschriften gibt!
Lissy